Gianna Molinari
Hinter der Hecke die Welt

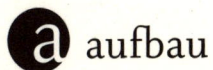

GIANNA MOLINARI

HINTER DER HECKE DIE WELT

ROMAN

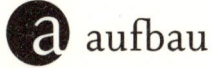

Die Arbeit an diesem Roman wurde unterstützt durch
die Fachstelle Kultur des Kantons Zürich

das Literarische Colloquium Berlin
Pro Helvetia, Schweizer Kulturstiftung

und durch das PolARTS Stipendium von Pro Helvetia und
dem Swiss Polar Institute

Die Bilder auf den Seiten 202 bis 207 sind Filmstills
einer Videokamera auf der Insel Eldey, einer Felseninsel
vor der Küste Islands. http://www.eldey.is

ISBN 978-3-351-04173-1

Aufbau ist eine Marke der Aufbau Verlage GmbH & Co. KG

1. Auflage 2023
© Aufbau Verlage GmbH & Co. KG, Berlin 2023
www.aufbau-verlage.de
10969 Berlin, Prinzenstraße 85
Der Verlag behält sich das Text und Data Mining
nach § 44b UrhG vor, was hiermit Dritten ohne Zustimmung
des Verlages untersagt ist.
© Gianna Molinari, 2023
Einbandgestaltung Rothfos & Gabler, Hamburg
Satz LVD GmbH, Berlin
Druck und Binden CPI books GmbH, Leck, Germany

Printed in Germany

DORA

Sich die Arktis vorgestellt hat sie schon oft. Dora war schon viele Male in Gedanken dort. Hat auf Eis geschaut und auf eiskaltes Wasser. Ist durch eine Landschaft gekommen, weder zu Fuß noch auf einem Schiff, sondern stets aus einer Vogelperspektive, dicht an der Land- und Meeresoberfläche. Sie war in ihrer Vorstellung eine Polarmöwe oder ein Kolkrabe, ist also als Vogel über diese Landschaft gekommen.

Sie hat von oben auch auf die gut eingepackten Ornithologinnen und Ornithologen geschaut, die sie durch extra kälteresistente Ferngläser beobachteten. Deren Interesse durch ihre Flugspanne geweckt wurde, die auf sie zeigten, mit ihren eingepackten Fingern, und sagten: Schaut euch diesen Kolkraben an. Schaut, was für ein gigantisches Exemplar seiner Gattung.

Und alle, ausnahmslos alle schauten. Es gab sonst nicht viel zu sehen. Nicht viel, das sich bewegte.

Die Eisschollen bewegen sich.
Das Land bewegt sich.
Auch das Blut, die Lunge, das Herz.

Es wurden Spuren gefunden, tiefe Furchen, die Eisberge in den Meeresboden rammten, weil sie auf Grund liefen. Meeresforschende datieren diese Spuren in die Eiszeit.

Die Eisberge von damals waren Giganten. Sie hatten eine Höhe von bis zu 1200 Metern. Die Furchen, die sie zogen, sind fünfzehn Meter tief und bis zu vier Kilometer lang.

Was dort für ein Lärm geherrscht haben muss, als das Eis den Meeresboden aufriss. Was waren das für Geräusche, welche Tiere waren Zeugen?

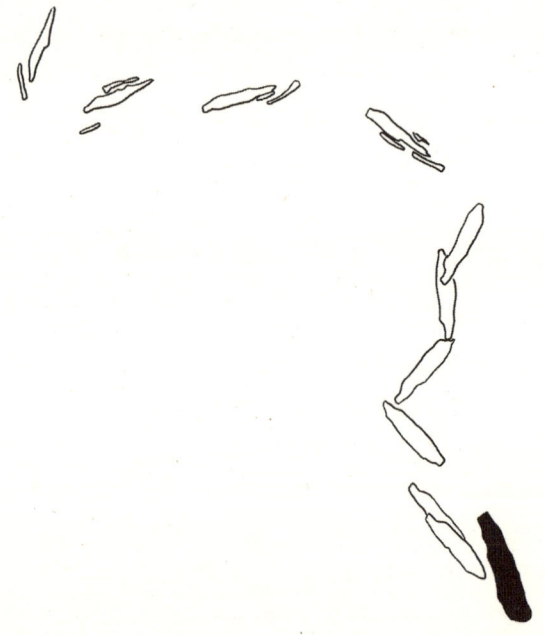

Ein berühmter Eisberg war beispielsweise derjenige, der in den Untergang der Titanic involviert war, namenlos, vermutlich im Spätsommer oder Frühherbst 1911 in Südwestgrönland von einem Gletscher abgebrochen und nicht nach Norden in die Baffin Bay, sondern nach Südwesten gedriftet, in Richtung Südlabrador und Neufundland.

Oder der Eisberg B-15, der entstand, als er im Jahr 2000 vom antarktischen Ross-Schelfeis abbrach. Auf seiner Reise zerbrach er in mehrere Teile. Das größte dieser Teile, B-15 A, war circa 3000 Quadratkilometer groß und circa 140 Kilometer lang und war das größte frei schwimmende Objekt, das je auf den Weltmeeren gesichtet wurde. Auf seiner Weiterreise verlor es nach und nach an Größe, es schmolz und weitere Teile brachen ab. So kollidierte es 2005 mit der Drygalski-Eiszunge und verlor beim Aufprall fünf Kilometer an Länge. Noch im selben Jahr lief B-15 A am Kap Adare bei Viktorialand auf Grund und zerbrach Ende Oktober desselben Jahres in mehrere kleine Teile, die unter anderem als B-15 M, B-15 N und B-15 P ihre Reise fortsetzten. 2018 wurde das Bruchstück B-15 Z des Eisberges mit einem großen Riss gesichtet, und ein Astronaut schoss ein letztes Foto.

Die Nadel dreht sich orientierungslos. Je näher am Nordpol, desto unzuverlässiger zeigt der Kompass die Richtung an. Dora hat gelernt, anhand des Großen Wagens den Polarstern zu finden.

Sie wünscht sich, ein bisschen mehr Tier und ein bisschen weniger Mensch zu sein. Das Kälteempfinden eines Elches wäre nützlich. Ein Elch friert erst bei minus 40° Celsius.

Ihr scheint das Wort zu klein für dieses Tier.

E-l-c-h, als ob zwischen E und l oder l und c ein Buchstabe fehlte, oder viele Buchstaben.

Sie wünscht sich aus der Haut wachsende Daunenfedern und die Fähigkeit, gewisse Körperteile für gewisse Zeiten einzufrieren und wieder aufzutauen, ohne dass sie Schaden nehmen würden.

Mit Schäden an ihren Körperteilen würde Dora hier nicht weit kommen.

Manchmal schaut sie in das Eismeer vor sich und möchte, dass ein Ungeheuer durch die Oberfläche bricht, eines aus irgendeiner Sage oder Legende. Vielleicht ein Riesenkalmar.

Besser ein Ungeheuer als diese Glattheit, besser Bewegung als Stillstand. Die schnellsten Bewegungen machen Möwen und Wolken, gefolgt vom kaum sichtbaren Driften der Eisberge.

Und wenn es zu kalt ist oder zu weiß oder weit, denkt Dora an Pina.

Sie liegen tief, bedeckt von den Weltmeeren, verbinden sie die USA mit Fidschi mit Neuseeland oder Portugal mit Senegal mit Ghana mit Nigeria, Israel mit Italien, Singapur mit Indonesien mit Australien. Durch sie hindurch fließen digitale Signale, Impulse, es fließen Suchanfragen, Börsendaten, Tagesnews, Mailtexte, Stimmen, Bilder, Buchstaben, Zahlen. Die Tiefseekabel verlaufen am Grund, teilweise von Sedimenten überdeckt, teilweise gut sichtbar. Auch für Haie, die in die Kabel beißen. Und zwischen ihren Zähnen, in einer Ummantelung aus Kunststoff, mehreren Schichten von Stahlseilarmierungen, inmitten einer Wasserbarriere und eines Kupferrohrs bewegen sich in Höchstgeschwindigkeit Informationen aller Art, Nachrichten von Langeweile bis Empörung, voller Liebe und Wagemut, voller Sagbarem und Geheimnissen, voller Horror und Leid und Freuden und Glück.

Sie gleiten durch ihre angelegten Gänge, gehen ihre Wege, lassen sich nicht aufhalten, nicht von Haien oder Wellen, nicht durch Schleppnetze, Schiffsanker, Seebeben oder Kabeldiebe. Vorläufig verläuft alles ruhig.

Würden sie vertont werden, die Nachrichten, die die Tiefsee durchqueren, es würde laut sein. So laut, dass sich Wale und Kraken, Korallen und Plankton vielleicht wünschten, an Land zu sein.

Während Dora erzählt und ihre eigene Stimme aufnimmt, denkt sie an Pina, die wenig später ihre Stimme hören wird. Dora drückt auf *Senden*, und ihre Stimme taucht ab, schnellt am Meeresgrund durch das Tiefseekabel, trifft an Land, rast weiter, mitten in ein Dorf hinein, mit nur einer Straße, ein paar Häusern, einem Teich, einem Steg, einer Hecke, mit einer Pension, deren kaputter Schriftzug über dem Eingang verlässlich unregelmäßig blinkt. Und landet in dieser Pension, wartet auf Pina.

1

Wie die Hecke ins Dorf gekommen war, wusste niemand. Vielleicht war zuerst die Hecke da gewesen und erst dann das Dorf. Vielleicht wurde die Hecke zur Abwehr des Windes gepflanzt, der hier fast immer über die Dächer der wenigen Häuser zog und ohne Hecke noch wildere Wege ginge. Vielleicht wurde sie aus ästhetischen Gründen gepflanzt oder als Sichtschutz, wobei unklar blieb, welchen Blick sie hätte verbergen sollen, den Blick nach draußen ins Umland oder den Blick von dort ins Dorf.

Alle, die nicht größer waren als ein Meter fünfzig, gehörten zu den Hoffnungsträgern des Dorfes. Dazu zählten Lobo, Pina und Pilaster, der Hund des Architekten Emmerich. Wobei Pilaster nicht wirklich mitgezählt wurde, da im Dorf die Meinung vorherrschte, dass ein Hund nicht für die Zukunft des Dorfes in Anspruch genommen werden könne.

Das Dorf war sehr darauf bedacht, Pina und Lobo die Zukunft schönzureden.

Wenn der Stand der Dorfkasse es zulässt, sagten sie, dann kommt die Schule wieder ins Dorf und damit Familien, andere Kinder. Oder: Wenn der Stand der Dorfkasse es zulässt, dann bauen wir einen neuen Bahnhof, und dann reisen mehr Touristinnen und Touristen an, und du wirst die Bahnhofsvorsteherin, Pina. Esst Nüsse, Kinder, schlaft viel, euer Wachstum ist unser Wachstum.

Pina und Lobo fragten sich, ab wann ein Dorf als Dorf bezeichnet werden kann. Ein Bahnhof macht ein Dorf nicht zu einem Dorf, auch nicht ein Dorfladen oder eine Schule. Es gibt Dörfer ohne Bahnhof, ohne Dorfladen, ohne Schule.

Sie standen auf dem Hügel und hielten sich die Hände so vor das Gesicht, dass sie Teile des Dorfes verdeckten, und überlegten sich, ob das Dorf auch dann noch ein Dorf war, wenn Lobos Haus wegfiel, der Schuppen daneben oder der Steg am Teich.

Das Schrumpfen beschäftigte die Leute im Dorf im Allgemeinen. Im Allgemeinen hatten sie Angst vor dem Verschwinden. Der befahrbare Teil der Dorfstraße schrumpfte, weil das Unkraut rechts und links der Straße wucherte und sie langsam unter sich verbarg. Die Schule schrumpfte, bis sie ganz verschwunden war. Das Dorf schrumpfte. Und auch sie schrumpften. Zumindest wuchsen Pina und Lobo nicht mehr. Seit zwei Jahren nicht. Lobo war ein Meter fünfunddreißig und Pina ein Meter achtunddreißig Komma sieben groß und sie wuchsen keinen Millimeter weiter.

Was hingegen beständig wuchs, war die riesengroße Hecke am Westrand des Dorfes. Sie hielt den Wind davon ab, ungehindert ins Dorf zu kommen, und brachte stattdessen Touristinnen und Touristen herein, die die Riesenhecke bestaunten und fotografierten. Und so sehr Frau Werk von der Dorfgärtnerei Werk sich über den Müll ärgerte, den die Touristinnen und Touristen rund um die Hecke zurückließen und den sie wegräumte, so sehr war die Hecke für das Dorf die einzige wirkliche Daseinsberechtigung, ein Sichtbarsein in der Welt. In dieser Welt, die für das Dorf zumindest endlos groß und sehr weit weg war.

Die Hecke wuchs langsam, aber sie wuchs. Auf jeden Fall schrumpfte sie nicht, darüber waren sich alle im Dorf einig.

Sollte das Schrumpfen auf die Hecke übergreifen, sagte Frau Werk, dann ist endgültig Schluss. Und auch Pinas Vater Karsten war dieser Meinung. Die Hecke sei der sichere Wert des Dorfes, sagten sie. Wenn die Hecke nicht wäre, dann würden wir von der Landkarte verschwinden.

Frau Werk kannte sich am besten aus mit Hecken. Sie wusste, dass das Gehölz der Hecke sowohl Vogelnistgehölz, als auch Vogelnährgehölz war. Sie wusste, dass Hecken für die Umwelt wichtig waren. Sie bezeichnete die Hecke gerne als Wunderwerk, und wenn Touristinnen und Touristen die Hecke bestaunten und fotografierten, dann war Frau Werk stolz.

Pina stand bei der Hecke und schaute in die Nacht. Sie stand so dicht bei der Hecke, dass sie die Blätter im Nacken spürte. Vielleicht könnte das Wachsen der Hecke so auf Pina übergreifen, vielleicht müsste sie nur lange genug so stehen, lange genug warten. Hinter Pinas Rücken wurde es laut. Die Hecke raschelte, knarrte, ächzte. Ein Rauschen drang aus ihr. Wie ein Tier, dachte Pina, drehte sich um und erschrak. Dort blitzte ein Auge auf, und dort löste sich ein Teil des Tiers, flatterte in die Nacht.

2

Im Museum waren Seltenheiten ausgestellt. Zwar stand auf einem Schild vor dem Museum in großen Lettern DORF-MUSEUM. Aber im Innern hatten die Gegenstände weit mehr mit allem rund um das Dorf als mit dem Dorf selber zu tun. Das Dorf selber trat kaum in Erscheinung. Außer im Heckenraum. In diesem Raum wurde die Hecke dokumentiert, ihr Wachstum, ihre Jahresringe, die Geschichten, die sich um sie rankten. Beispielsweise war dort auf einer ausgeleuchteten Texttafel zu lesen, dass sie als eine Art Leuchtturm gepflanzt worden sei, als Leuchtturm ohne Licht, als Orientierungspunkt in der Landschaft, damit die Menschen ins Dorf zurückfinden würden.

Es war zu lesen, dass die Hecke ein Überbleibsel eines großen Heckenlabyrinths sei oder dass die Hecke eines Morgens plötzlich dagestanden habe, wie aus dem Nichts aufgetaucht, und ihren Schatten warf.

Im Dorfmuseum befand sich eine ausgestopfte Spitzmaus.

Die Spitzmaus zählt nicht zu den Nagetieren, sagte Lobos Oma, die alle Loma nannten, sondern zu den Insektenfressern. Sie ist mehr mit einem Maulwurf verwandt als mit einer gewöhnlichen Maus, und das wirklich Interessante an diesem Tier ist, dass es im Winter schrumpft.

Mit einem Pinsel wischte sie Staub vom graubraunen Rückenfell der Spitzmaus.

Im Winter wird das Gehirn der Spitzmaus kleiner und kleiner, auch ihre Organe und Knochen, sagte Loma weiter. Und erst im Frühjahr wächst sie wieder. Sie reduziert sich selbst, um zu überleben. Stellt euch das einmal vor, Kinder. Und obwohl Pina und Lobo es nicht mochten, wenn Loma, die Leute im Dorf oder die Touristinnen und Touristen sie Kinder nannten, stellten sie sich eine ohnehin schon sehr kleine Spitzmaus vor, die kleiner und kleiner wurde.

Die Wetterlage machte den Menschen aus dem Dorf zu schaffen. Es windete praktisch ununterbrochen.

Im Dorf sei vor allem der Wind los, hatte Pinas Mutter Dora gesagt. Und dass sie das schon immer gestört habe, dass nur die Dorfstraße aus dem Dorf führe und kein anderer Weg.

An Tagen mit starkem Wind saßen Pina und Lobo bei Loma im Wohnzimmer und spielten ein Kartenspiel, das Lobo erfunden hatte und das nie ganz aufging.

Sie tranken aus kleinen Tassen Tee, wie alte Menschen, obwohl nur Loma alt war.

Ob Lobo sich vorstellen könne, so alt wie Loma zu sein, fragte Pina.

Ganz und gar nicht, sagte er, und das ging Pina genauso. Er könne sich nicht vorstellen, wie sich Falten anfühlten. Und auch das ging ihr genauso.

Obwohl Lobos Spiel nie so richtig aufging, nahm es ein wenig die Langeweile aus den windigen Tagen. Aber meistens wurde Pina auch das Spiel irgendwann zu langweilig, und sie ging durch den Wind nach Hause.

An Tagen mit starkem Wind sah die Situation bei Pina Zuhause nicht besser aus, außer dass ihr Vater keine Karten spielte, sondern ganz ausschließlich hinter der Rezeption saß und Tee trank.

An Tagen mit nur wenig Wind trugen Lobo, Pina und ihr Vater manchmal drei Sessel in den Garten hinaus mit Blick auf den Teich, saßen nebeneinander und schauten dem Schilf zu, das sich kaum bewegte, oder dem Flug einer Möwe, sahen auf die Oberfläche des Teiches, beobachteten einen Fisch, der sprang und Kreiswellen zurückließ, oder schauten einer Ente zu, die abtauchte und lange nicht mehr auftauchte, manchmal so lange nicht, dass Pina sich überlegte, ob die Ente möglicherweise durch einen unterirdischen Gang aus dem Teich bis hinter die Hecke gelangt sein könnte.

Pinas Mutter Dora lebte auf einem Forschungsboot in der Arktis. Sie sammelte dort zusammen mit einer Meeresforscherin Sedimentproben vom Meeresgrund, um daraus Informationen herauszulesen, über das Schmelzen der Gletscher, über die Veränderung des Klimas, über das Verhalten der Gletscher im veränderten Klima.

In unregelmäßigen Abständen telefonierten sie, aber oft war die Verbindung so schlecht, dass sie einander nicht hörten, und dann hielten sie die Verbindung lange aufrecht, so lange, bis meistens Dora auflegte. Vielleicht weil ein Eisbär auftauchte oder weil sie irgendwann keinen Sinn mehr darin sah, einen Lautsprecher vor sich zu haben, aus dem nur ein Rauschen drang.

In diesen Momenten wünschte Pina sich Lobos gutes Gehör. Lobo hörte Mäuse im Innern der Erde wühlen. Er hörte den Motorenlärm der Touristenbusse schon dann, wenn auf der Dorfstraße noch bei Weitem kein Bus zu sehen war. Er hörte das Flügelschlagen von Fruchtfliegen, das Klopfen von Herzen.

Er behauptete zwar, dass er nur in die Erde hinein und nicht durch die Erde hindurch hören könne. Aber immerhin hätte Pina es versuchen können, und wenn per Zufall das Magma im Erdinnern gerade stillgestanden hätte und wenn die Würmer, Schnecken, Maulwürfe, Mäuse, all die Erdtiere für einen Moment zumindest aufgehört hätten mit Buddeln und Graben und Kratzen und Schaben, dann hätte Pina Dora vielleicht hören können.

Weil sie mittlerweile wussten, dass die Verbindung ins Dorf eine unzuverlässige war, hatte Dora begonnen, Aufnahmen von sich zu machen, die Pina hören konnte, wann immer sie wollte. Und dann lauschte Pina beim Einschlafen oder an Tagen mit starkem Wind auf dem Sofa sitzend der Stimme von Dora, die von der Arktis erzählte, von der Kälte, von Eis und Eisbären oder von Pina als kleinem Kind.

Lobos Augen waren durch seine Brille hindurch sehr groß. Man hätte meinen können, dass er mit diesen großen Augen sehr gut sehen müsste, aber das Gegenteil war der Fall.

Loma sagte, dass Menschen, die gut hörten, nicht unbedingt so sehr gut sehen müssten. Wer gut hört, kommt weit im Leben.

Pina wollte im Leben auch weit kommen. Bis zur Arktis oder noch weiter.

VON DIR ALS KLEINES KIND

Du warst noch keine zwei Jahre alt, als du schon ohne Hilfe die Straßenlaternen hochklettern konntest. Mit drei Jahren fingst du den größten Fisch, der je aus dem Dorfteich gezogen wurde. Du warst ein sehr außergewöhnliches Kind. Mit sechs Jahren konntest du einen Meter hoch springen, und mit sieben Jahren warst du so stark, dass Bäume in Schieflage gerieten, wenn du dich an die Stämme lehntest. Mit acht –

DORA

Manchmal träumt sich Dora ins Dorf und hinter die Hecke. Dorthin, wo die Arktis unerreichbar scheint. Dorthin, wo kaum etwas erreichbar scheint. Sie träumt sich an das Ufer des Teichs oder in den Schatten der Hecke. Sie träumt sich neben Karsten, ihre Hand in seinem Nacken, neben Loma, die eine Vitrine putzt, oder neben Pina, die in der Werkstatt sitzt und an einer Wetterfahne bastelt, die sie zuerst nicht bemerkt und dann doch und kurz erschrickt, bevor sie lächelt.

Sie kommt aus einem Dorf, das ganz und gar dem Stillstand unterliegt. In dem sich nichts bewegt, oder fast nichts. In dem das Aufregendste, was geschieht, das Wachsen der Pflanzen ist.

Im Dorf hören sie die Hecke wachsen.

Wo sie ist, gibt es kaum Pflanzen. Und auch hier bewegt sich kaum etwas.

Sie hört das knirschende Schaben des Schiffes an Eis und das klirrende Gurgeln des Wassers zwischen Schiff und Eis.

Manchmal sucht sie Bewegung in den Ecken, von denen sie weiß, dass sie bewegungslos bleiben.

Auch wenn die Temperatur auf minus vierzig Grad Celsius sinkt und selbst Elche zittern, wäre es besser für Dora, ein Elch zu sein.

Als für Dora feststand, dass auch die Dorfstraße mehr und mehr verschwand, gab sie ihre Teilnahme an der Expedition bekannt. Das Dorf war stolz. Ausschließlich alle.

Nur für ein paar Monate, sagte Dora. Sie packte Pinas Wetterfahne in Form des Teichs ein.

Dann denkst du an mich, wenn sich die Fahne dreht.

Ich denke auch sonst an dich.

Dann mit Sicherheit.

Dora hielt Pina so lange, bis die Busfahrerin hupte.

Dann rannte sie zum Bus, stieg ein, fuhr los.

Eine weitere Koordinate ist erreicht. Dora montiert gemeinsam mit der Meeresforscherin die Plastikröhre an der Winde, dann lassen sie die Röhre hinunter, sie taucht ein, ist für einen Moment noch sichtbar, verschwindet dann in der Dunkelheit des Meeres. Bei 280 Metern ist Schluss. Dora bedient erneut die Winde, rollt das Seil ein. Nach wenigen Minuten taucht die Röhre aus dem Wasser, mit Sediment gefüllt.

Geglückt, sagt die Meeresforscherin.

Und auch Dora freut sich.

Und dann heben sie die Röhre aus dem Wasser. Dora saugt mit einer großen Spritze das überschüssige Wasser ab, die Meeresforscherin schneidet ein Stück grüne Schaumstoffmasse zurecht. Nachdem die Meeresforscherin eine kleine Sedimentprobe aus der Röhre entfernt hat, legt sie das Schaumstoffstück in das obere Ende der Röhre, verschließt dann beide Enden mit einem Deckel. Dora beschriftet die Röhre, damit später im Labor noch erkennbar sein wird, an welchen Koordinaten die Probe genommen wurde, was die Oberseite, was die Unterseite ist.

Während die Meeresforscherin Zeit und Ort und eine

kurze Beschreibung des Sediments notiert, der Fotograf die auf einem Glasplättchen ausgestrichene Probe fotografiert, stellt Dora die Röhre aufrecht in eine Kiste und macht Mika ein Zeichen zur Weiterfahrt.

Dora stellt sich vor, am geographischen Nordpol zu stehen, auf 90 Grad Nord. Unter ihr vier Meter dickes Eis. Und unter dem Eis der Arktische Ozean, viertausendzweihunderteinundsechzig Meter tief. Und unter der Wassermasse der arktische Grund.

3

Pina verbrachte viel Zeit mit dem Bauen von Wetterfahnen. Sie sägte Holzstücke zurecht, schliff sie ab, bemalte und lackierte sie. Dann fügte sie sie zusammen.

Lobos Lieblingsmotiv war das Feurige Fahrrad, Pina mochte den Vogel im Sturm.

Wetterfahnen waren im Ort wichtiger als Uhren. Nach ihnen richtete sich der Ablauf des Tages. Mit einem Blick auf die Wetterfahne wurde entschieden, ob sie das Haus verließen oder ob ein Tag anstand mit Tee und Kartenspielen. Zudem waren die Wetterfahnen beliebt bei den Touristinnen und Touristen. Pina stellte an den Wochenenden oft den wackligen Campingtisch vor die Hecke, ließ ihre kleine Windmaschine laufen und verkaufte ihre Wetterfahnen an Touristinnen und Touristen, die an Orten lebten, an denen es vielleicht gar keinen, sicher aber nicht so starken Wind gab wie hier.

Pina lauschte Doras Stimme. Und plötzlich brach die Aufnahme ab, und Pina lauschte dem Rauschen.

Das mit den Bäumen funktioniert heute nicht mehr, sagte Pina zu ihrem Vater, sie geraten nicht mehr in Schieflage, wenn ich mich anlehne.

Gewisse Fähigkeiten wachsen sich aus, antwortete er.

Ab wann ein Mensch normalerweise aufhören würde zu wachsen, fragten sie Loma, und Loma antwortete, dass man nie aufhöre zu wachsen, dass das das Schöne am Menschsein sei. Und dass sie sich nicht sorgen sollten, dass sie ganz gesunde Kinder seien, die einfach für eine gewisse Zeit nicht wachsen würden. Das würde schon werden, Wachstum komme in Schüben, sagte sie.

Pina und Lobo warteten auf die Schübe. Sie wussten nicht, wie die Schübe sich anfühlen würden, vielleicht wie eine Windböe, die einen überraschend trifft.

Die Spitzmaus ist nicht das einzige Tier, das seine Körpergröße den Umständen entsprechend anpassen kann, sagte Loma, während sie ein altes Tuch in Stücke riss und Lobo und Pina je eines davon hinstreckte. Pina sprühte Reinigungsmittel auf eine Vitrine und rieb die Glasfläche mit dem Stück Tuch sauber.

Die amerikanische Schwarzmeise, sagte Loma versteckt im Herbst Hunderte Samen als Nahrungsvorrat für den Winter, und um sich all diese Verstecke merken zu können, wächst ihr Gehirn und damit ihr Ortsgedächtnis. Und wenn der Winter vorbei ist, schrumpft es wieder.

Eine Meise müsste man sein, sagte Loma und schaute mit geneigtem Kopf und schräg von unten auf das Vitrinenglas, um Striemen zu erkennen.

Und Pina polierte weiter und fragte sich, was für eine amerikanische Schwarzmeise wohl Orte waren, ob eine Baumrindenritze, eine Furche im Boden oder eine Kerbe in einem Blatt dazu gehörten.

Je weniger natürliche Feinde Tiere haben, desto größer werden sie, sagte Loma. Und Pina fragte sich, ob die Hecke zu wenige und Lobo und sie zu viele natürliche

Feinde hatten, und wenn ja, wer dann ihre natürlichen Feinde wären.

Die Bramble-Cay-Mosaikschwanzratte beispielsweise hat kaum natürliche Feinde, sagte Loma. Sie lebte ausschließlich auf der Bramble-Cay-Insel, und dort starb sie auch aus.

Ein Team aus Wissenschaftlerinnen und Wissenschaftlern unternahm eine groß angelegte Suchaktion, einen letzten Versuch, doch noch ein paar wenige, vielleicht die letzten Exemplare zu finden, die Tierart zu retten. Sechs Tage und sechs Nächte lang untersuchten sie jeden Winkel der Insel, schauten in jedes Erdloch und jede Sandkuhle, fuhren mit der Hand über jeden Grasbüschel, drehten Steine und Schwemmholz um. Aber sie fanden keinen Pfotenabdruck, keinen Schwanzabdruck im Sand.

Als Grund für ihr Aussterben wurden die Stürme genannt, die immer häufiger und stärker über die Insel zogen und die Insel dabei immer wieder überschwemmten. Die Pflanzenbedeckung auf der Insel ging zurück, und den Mosaikschwanzratten fehlte es an Nahrung, ihnen fehlten Verstecke. Vielleicht sind sie verhungert, vielleicht wurden sie bei einem Sturm von großen Wellen erfasst, weggespült.

Die Bramble-Cay-Mosaikschwanzratte hat Berühmtheit erlangt. Nicht aufgrund ihres Daseins, sondern aufgrund ihres Verschwindens.

Das Aussterben ist beunruhigender als das Sterben, sagte Loma, die Vorstellung, dass nach dem Tod kein Leben mehr kommt.

Es gibt Stellen, sagte Pinas Vater, die von der Landkarte verschwinden. Das geht nicht nur uns so. Auch andere Orte verschwinden, Inseln gehen unter, Berge zerbröseln zu Steinklumpen, Klümpchen, zu Staub.

Pinas Vater war der Meinung, dass hinter der Hecke das Dorf liege und dieses darum besser geschützt sei als andere Orte.

Pina war der Meinung, dass hinter der Hecke die Welt liege. Die Welt und irgendwo auch die Arktis. Pina stellte sich vor, sie könnte an der Hecke vorbeispazieren und weiter und weiter gehen, zu Fuß, in Zügen, auf Schiffen, und irgendwann würde sie ankommen. Sie würde auf das Forschungsschiff klettern und sagen: Hier bin ich. Dora würde ihren Augen nicht trauen und laut aufschreien vor Freude, und dann würden sie Pinas Vater anrufen, und die Verbindung wäre ausnahmsweise eine gute Verbindung, so dass Pina ihm von den Menschen und Tieren erzählen könnte, denen sie auf ihrer Reise begegnet war, von den Tälern, die sie durchlaufen, den Bergen, die sie überquert hatte, von ihrer Reise über Land und zu Wasser.

Es sei ein Dorf, in dem mehr gingen als kämen, sagte Loma. Das war offensichtlich. Offensichtlich war auch, dass der Erhalt des Leerstandes auf die Dorfkasse schlug und sich mehr und mehr die Frage stellte, wie lange die Instandhaltung des Leerstands noch aufrechterhalten werden konnte. Emmerich, der Architekt, war für den Leerstand zuständig, er nahm kleinere Renovierungen vor, hielt Wind, Wasser und Nagetiere davon ab, in die Gebäude einzudringen.

Die Vögel brauchten die Hecke. Zumindest kam sie ihnen nicht ungelegen. Im Gegenteil. Sie flatterten um die Hecke herum und in sie hinein, paarten sich auf ihr, nisteten in ihr, pickten an ihr, und wenn Touristinnen und Touristen heimkehrten von ihrem Heckenbesuch, dann berichteten sie von der pfeifenden Hecke, die so voller Leben sei wie vollgestopfte Vogelvolieren in Parks, nur dass die Hecke eben keine Voliere sei und das Dorf kein Park. Nur eine Handvoll Menschen lebe noch dort. Von was die lebten, fragten sie sich.

DORA

Vor dem Eisfjord liegt das Festland in seinem Sommerflor; in grünlichem Gelb und bräunlichem Rot und Orange, und es liegen violettschwarze Beeren und Moos, ganz helles und dunkles.

Mika sagt, dass der Sommer fast vorbei sei, da er einen Stern am Nachthimmel gesehen habe. In den hellen Polarsommernächten fehlten sie ganz. Jetzt tauchten sie wieder auf und mit ihnen auch Sternschnuppen und Wünsche.

Was sich Mika wünsche?

Einen zweiten Anlegeplatz im Hafen, sagt Mika. Eine präzise Karte des Meeresbodens, um die Sandbänke zu umschiffen. Ein sorgenfreies Leben. Geld mache nicht grundlegend glücklich, aber ein bisschen mehr Geld ein bisschen glücklicher vielleicht doch.

In die Arktis zu gelangen oder aus ihr wegzukommen ist ein aufwendiges Unterfangen. Hoch sind die Preise für Flugtickets. Hoch auch die Preise für Benzin. Zu abgeschieden die Ortschaften. Zu undurchdringlich die Wege, immer sind da ein weiterer Fjord und weiteres Eis. Immer ist da ein Hindernis, gibt es keine Straßen, kaum Flugverbindungen, Boote fahren nicht bei Sturm; so dass es nicht schwerfällt zu glauben, das Ende der Welt sei genau hier oder zumindest sehr nah.

Über Mika weiß Dora, dass seine Mutter auf dem Festland lebt und dass er und seine Freundin nie dorthin reisen, außer einmal in zwei Jahren. Dass er sich mit seinem Lohn gerade so einen Flug in zwei Jahren leisten kann, dass er aber auf der Insel bleiben will, und dass darum ein Besuch alle zwei Jahre reichen muss. Dora weiß über Mika, dass er Forschende durchs Eis führt, und wenn keine da sind, mit dem Vater seiner Freundin nach Heilbutten angelt und zusammen mit Knud und Knuds Transportschiff Transporte macht. Meistens transportiert er andere Schiffe oder ein Auto oder Material für einen Hausbau; Spanplatten, Holzbalken, Blech.

Radarflugzeuge überflogen die arktische Insel, auch Schiffe schickten Daten, zur topographischen Vermessung der eisbedeckten Fläche. Anhand der Daten wurde ein Inselmodell erstellt ganz ohne Eis. Das Modell zeigt Täler und Berge, offenbart den größten Canyon der Welt, Strukturen von Seen, Meteoriteneinschläge, die normalerweise unter der Eisschicht liegen, nicht sichtbar für das bloße Auge. Dora kann auf dem Monitor über dem Modell schweben, kann heranzoomen, Höhenlinien verfolgen, kann in den Canyon tauchen und sich die Insel ohne Eis gegenwärtig machen. Der riesige Canyon, der sich auf der Insel ausbreitet, liegt unter dem Meeresspiegel, aber wenn das Gewicht des Eises weg wäre, würde der Talboden sich heben, es gäbe einen gewaltigen Anschub an Landmasse, die Insel würde emporsteigen, und durch das schmelzende Eis würden andernorts Küsten sinken.

Wo war der Anfang, und ist das Ende schon erreicht?, fragt sich Dora.

Vom Anfang und Ende möchte sie Pina erzählen.

Was nicht sichtbar ist:
 Der größte Canyon der Welt
 Der Anfang
 Das Ende

Wenn der Himmel wolkenlos ist, sind die Sterne wieder zu sehen, sieht Dora das Sternbild Ursa Major, der Namensgeberin der Arktis. Eine Bärin also liegt dort oben und schaut auf das Weiß. Und über Ursa Major die Kleine Bärin, die in ihrer Schwanzspitze den Polarstern trägt. Auch sie schaut auf das Weiß und schaut auf Dora, wie sie dort unten mitten in einer großen Landschaft steht, die ihr unbekannter nicht sein könnte. Ohne Mika wäre sie hier verloren, weder die Kleine noch die Große Bärin könnten ihr weiterhelfen. Sie wären vielleicht ein Trost, ihr Leuchten, das Wissen um den Polarstern, mehr nicht.

4

Nebst den Touristinnen und Touristen kamen in regelmäßigen Abständen Spezialisten ins Dorf und vermaßen die Körper der Kinder von den Fußsohlen bis zum Scheitel. Die Länge ihrer Arme und Beine, die Länge von Schulter zu Schulter, den Umfang ihrer Taillen, Köpfe, ihrer Hand- und Fußgelenke.

Sie hielten still.

Wenn ihr schon nicht wachsen wollt, dann haltet wenigstens still. Das sagten die Spezialisten. Und die Kinder sagten nichts.

Die Spezialisten fuhren mit ihren Fingern vor ihren Augen hin und her, horchten mit dem Stethoskop an ihren Rücken und nach dem Schlagen ihrer Herzen. Sie suchten nach Gründen, warum Lobo genau bei einem Meter fünfunddreißig und Pina bei einem Meter achtunddreißig Komma sieben stehengeblieben waren und seit mehr als zwei Jahren keinen Millimeter weiterwuchsen. Sie kamen zu unterschiedlichsten Schlüssen; machten das Klima im Allgemeinen, die Lage des Dorfes, zu wenig Bewegung, zu wenig Schlaf oder die Ernährung dafür verantwortlich. Esst Nüsse, Kinder, schlaft viel.

Die Spezialisten übernachteten in der Pension *Zum Goldenen Schnitt*, der einzigen Pension im Dorf, die so tat, als sei sie eine Pension, überhaupt der einzigen Pension, die es gab und die geöffnet hatte, wenn die Spezialisten anreisten oder wenn eine Touristengruppe sich tatsächlich dafür entschied, im Dorf eine Nacht zu verbringen.

Pina und ihr Vater waren die Einzigen, die dauerhaft in der Pension wohnten. Pinas Vater war verantwortlich für die Gäste, wenn sich Gäste anmeldeten. Während er die Betten frisch bezog, in denen wochenlang niemand gelegen hatte, die Oberflächen der Möbel abstaubte, die Fenster in den Zimmern öffnete und frische Luft hereinließ, bewachte Pina die Rezeption.

Sie mochte es, an der Rezeption zu sitzen. Sie mochte die Messingklingel, das Schlüsselbrett mit den Schlüsseln, den großen, drehbaren Sessel. Sie mochte es, in diesem Sessel zu sitzen, sich nach links und rechts zu drehen und den Blick dabei gerade auf die Eingangstür zu richten. Bereit für das Eintreten eines Spezialisten oder einer Touristin. Bereit für das Eintreten einer Abenteuerin, die sich in das Dorf verirren und nach einer Übernachtungsmöglichkeit fragen würde. Bereit für die Rückkehr von Dora.

An Vermessungstagen mussten Pina und Lobo früh aufstehe. Im Frühstücksraum der Pension waren die Spezialisten bereits dabei, sich einzurichten. Sie drückten Pina und Lobo je eine Tüte Nüsse in die Hand, während sie verschiedene Messgeräte aufstellten. Pina und Lobo schauten ihnen zu, während sie Nüsse zerkauten. Sie kauten langsam. Sie sagten kein Wort.

Sobald die Spezialisten eingerichtet waren, mussten Pina und Lobo auf einem Bein hüpfen, den Kopf so weit wie möglich nach links und rechts drehen, auf die Zähne beißen, die Zunge herausstrecken, dreimal husten, den Atem anhalten und erneut dreimal husten, mit dem Zeigefinger ihre Nasenspitzen berühren, mit einem geschlossenen Auge quer durch den Raum gehen und eine imaginäre Acht vor sich in die Luft zeichnen. Währenddessen machten sich die Spezialisten Notizen, sprachen in Aufnahmegeräte und untereinander, sagten häufig *Norm* und *Stagnation*, oft auch *Fall*. Wenn sie sprachen, dann mit zurückgenommenen, leisen Stimmen, aber mit klarer Betonung. Sie gingen auf und ab, kratzten sich am Kragen, rieben sich die Hände und wischten sich mit Tüchern den Schweiß von der Stirn. Sie tauschten Blicke. Sie nickten viel.

An den Vermessungstagen untersuchten die Spezialisten auch die Hecke. Sie nahmen Proben der Rinde, zählten die Jahresringe, legten Heckenblätter unter Mikroskope, bestimmten ihre Länge und ihr Gewicht.
 Auch das Umland war von Interesse für die Spezialisten. Sie vermaßen mit Maßstab, Lasermessgeräten, mit Tachymetern, sie registrierten jede Wolbung und Erhöhung, die höchsten und die tiefsten Punkte.
 Sie vermaßen Frau Werks Blumenbeete ebenso wie Pinas Nagelbetten, die Teichoberfläche ebenso wie Lobos Handinnenflächen, Pinas Armspanne ebenso wie den Umfang des Naturschutzgebietes.
 Pina und ihr Vater beobachteten zwei Spezialisten, die über der Hecke eine Drohne fliegen ließen. Sie sahen die Drohne, die im Kreis flog. Mit einer Messbildkamera filmte die Drohne die Hecke, errechnete ihre Höhe, ihre Länge, ihre Breite, erstellte ein digitales 3-D-Modell.
 Und während sie die Drohne beobachteten, hoffte Pinas Vater, dass es doch wenigstens dieser fliegenden Messbildkamera gelingen sollte, eins und eins zusammenzurechnen

und eine Verbindung zu erkennen zwischen Wachsen und Stillstand, zwischen Hecke und Kindern.

Nach Beendigung aller Messungen packten die Spezialisten zusammen und reisten ab. Pina und Lobo stellten sich in den Wind. Die Pension war wieder leer. Und übrig blieb Pinas Vater, der von den Spezialisten nichts in Erfahrung bringen konnte, weil die Spezialisten selbst nichts in Erfahrung bringen konnten.

Wenn der Stand der Dorfkasse es zulässt, sagten die Leute aus dem Dorf, dann wird der Leerstand komplett renoviert, dann ziehen neue Leute ins Dorf. Oder: Wenn der Stand der Dorfkasse es zulässt, dann bauen wir einen Neubau mit Terrassen und von den Terrassen einen besten Blick ins Umland, und ihr zieht einst in den Neubau ein. Ruht euch aus, Kinder, sonnt euch, euer Wachstum ist unser Wachstum.

DORA

Die Meeresforscherin spricht von Foraminiferen und deren Krusten, spricht von Nanoplankton, Nanofossilien, von Kohlenstoffisotopenverhältnis und Massenspektrometer.

Der Fotograf starrt auf seinen Akku. Mika summt in seiner Kabine, und Dora fixiert eine Rille im Eis.

Eine große Zahl an Wissenschaftlerinnen und Wissenschaftlern, Forschende aller Art tummeln sich in der Arktis, biegen auf Booten in Buchten ein, vermessen Küstenstreifen, das Schwinden der Gletscher, prüfen den Anbau von Nahrungsmitteln, testen Kleidung, sammeln Proben.

Dort paddelt ein Biologe, dort winkt eine Glaziologin vom Eisberg herunter, dort gräbt eine Gruppe Geologinnen.

Und auch die Meeresforscherin und Dora graben.

Die seismischen Profile wurden vor der Reise studiert, die Koordinaten noch auf dem Festland definiert und so ausgewählt, dass keine Struktur des Meeresbodens auf eine Lagerstätte von Erdöl oder auf das Vorkommen einer Gasblase hinweist.

Diese Ressourcen seien nicht in ihrem Interesse, sagt die Meeresforscherin zu Mika, sie seien im Interesse anderer. Sie selber möchte diese umschiffen und auch die Fragen der anderen, nach dem Vorkommen von Erdöl, nach dem Vorkommen von Gasblasen.

Die Wissenschaft und die Industrie verfolgen unterschiedliche Ziele und haben doch gemeinsame Interessen, sagt die Meeresforscherin. Beide interessierten sich für Spuren von Leben im Sediment, für die Zusammensetzung der Sedimente und deren Alterseinstufungen, für Eisbrecher der Eisklasse 1, für sturmfreie und eisfreie Zugänge, für Bohrköpfe aus Keramik oder Stahl, sagt sie, und Dora betrachtet das Netz feinster Falten auf dem Handrücken der Meeresforscherin und die Adern, die leicht abstehen, die das Faltennetz unterwandern.

Die Wissenschaftlerinnen und Wissenschaftler, die sich in der Arktis zu schaffen machen, bringen Eisbohrkerne, Sediment- und Gesteinsproben nach Hause. Sie tragen Stücke der Arktis ab, tragen sie in die Labore weiter südlich. Die Arktis wandert, breitet sich aus, landet in Kühllagern, Tüten, Reagenzgläsern, Mörsern, unter Mikroskopen, sie vermischt sich mit Flüssigkeiten, wird zermahlen, durchleuchtet, zersetzt. Sie wird aufgelöst. Die Arktis ist nicht mehr nur in der Arktis. Teile von ihr sind andernorts.

Wir segeln, sagt Mika, obwohl es ein schweres Motorboot ist. Das Vorankommen schleppend, manchmal geradezu umständlich. An all den Eisbergen vorbei, von denen Dora die Tiefe nicht kennt, nicht die Dicke, nicht die Dichte. Das Boot fährt durch eine Schicht klumpigen Eises, das sich manchmal plötzlich verdichtet, eine scheinbar undurchdringliche Eisdecke bildet. Und Mika, mit größtem Geschick, dreht und wendet das Boot, fährt vor und zurück, weicht aus, beschleunigt, zirkelt.

Manchmal bricht unter Wasser ein Stück Eis ab, verändert den Schwerpunkt des Eisberges, der daraufhin das Gleichgewicht sucht, sich wendet, sich umwälzt.

Sie drehen sich manchmal ganz unerwartet, drehen ihre Unterseite nach oben, ihre Oberseite nach unten, sagt Mika. Wenn im Moment des Umsturzes unser Boot zu nah an einem Berg dran ist, dann zieht er uns hinab oder schleudert uns weg, und so oder so würden wir ins Wasser fallen und in den Tod. Eine Schwimmweste könne bei diesen Wassertemperaturen kein Leben retten.

Dora ertastet an ihrer Weste die Signalpfeife, hält sie in ihrer Faust.

VON EINEM TAUCHGANG

Vom Forschungsschiff Akademik Fjodorow aus machten sich zwei russische Tauchkapseln, die MIR I und die MIR II, auf den Weg zum Meeresboden unter dem Nordpol. An Bord einer der beiden Tauchkapseln war der Expeditionsleiter Artur Tschilingarow. Er meldete bereits kurz nach dem Start des Tauchgangs an die Besatzung der Akademik Fjodorow: *Die Landung war sanft, der gelbliche Boden umgibt uns, es sind keine Meeresbewohner zu sehen.*

Die MIR I und die MIR II befanden sich in einer Tiefe von viertausendsechshunderteinundsechzig Metern. In dieser Tiefe, auf den gelblichen Grund, stellten sie eine ein Meter hohe russische Flagge auf. Die Flagge war aus Titan. Titan ist ein unverwüstliches Metall.

5

Während der Abwesenheit der Spezialisten kümmerte sich Karsten um die Messungen. Mindestens einmal pro Woche, besser zweimal, aber sicher einmal, standen die Kinder in der Rezeption an der dort montierten Messlatte, und Pinas Vater übertrug die zwei immer gleichen Zahlen in ein Messbuch, das neben dem Gästebuch lag.

Pina und Lobo bemerkten ihre Blicke. Sie bemerkten, wenn Pinas Vater mit einem zusammengekniffenen Auge ihre Größe aus der Distanz zu schätzen versuchte. Wenn er in ihrer nächsten Umgebung Vergleichsgrößen heranzog, beispielsweise die Höhe von Pilaster im Vergleich zu Pinas Höhe oder Lobos Höhe im Vergleich zur Höhe des Tisches.

Pina und Lobo bemerkten, wenn Loma ihre Handgelenke und Fußgelenke aus den Augenwinkeln begutachtete und schaute, ob die Ärmel zu kurz geworden waren, die Hosenbeine, ob die Kinder vielleicht über Nacht aus den Kleidern herausgewachsen sein könnten. Sie hatten auch schon Emmerich beobachtet, wie er sie beobachtete, ein Bleistift in ihre Richtung hielt und dann aufs Papier legte und irgendetwas zeichnete oder zumindest so tat.

Alle, die kleiner waren als ein Meter fünfzig, verließen das Dorf in Richtung Hügel. Sie gingen hinter die Hecke, liefen weiter, vom Dorf weg, und Pina und Lobo schauten dabei immer wieder über ihre Schultern. Mit jedem Schritt, den sie gingen, wurde die Hecke kleiner und kleiner.

Irgendwann wollte Lobo Pause machen. Sie blieben stehen und hielten sich die Hände so vor das Gesicht, dass die ganze Hecke darin Platz fand und hinter ihren Handflächen verschwand.

Als ob wir sie in der Hand hätten, sagte Lobo.

Und Pina dachte, dass es genau umgekehrt war, dass nicht sie die Hecke, sondern die Hecke sie in der Hand hatte.

Die Wahrscheinlichkeit, dass die Schübe außerhalb des Dorfes sind, ist größer, sagte Lobo.

Wenn wir gehen, dann zusammen, sagte Pina.

Darüber waren sich Pina und Lobo einig. Sie waren sich auch darüber einig, dass es schlimm wäre, wenn nur einer von ihnen wachsen würde.

Die Frage war, wann die Schübe kommen würden und wo. Die Frage war, wie. Fest stand: Egal wie, wo und wann. Wenn, dann zu zweit.

Sie liefen weiter und erreichten nach Pilaster den Hügel.

Sie standen dort, weil sie dachten, dass die Schübe sie hier am ehesten treffen könnten. Mitten im Dorf gab es zu viele Hindernisse; die Häuser, den Schuppen, die Touristenbusse oder die Hecke selbst.

Sie stellten sich vor, dass die Schübe an ihrer Stelle einen von den Erwachsenen treffen würden, der dann noch größer werden würde. Der vielleicht, je nach Stärke der Schübe, viel zu groß werden würde und in kein Bett mehr hineinpasste, auf keinen Stuhl, nicht einmal mehr in ein Haus.

Sie stellten sich vor, dass die Schübe Pilaster treffen würden oder den Vogel im Sturm.

Pina stellte sich vor, dass die Schübe den Teich treffen würden, der sich zuerst zu einem See und dann zu einem Meer ausdehnen würde, der das Dorf und das Umland unter sich verbergen würde, mit einer dicken Schicht Wasser. Und wie Lobo, Loma, ihr Vater, Emmerich, Frau Werk und sie selber sich auf die Spitze der Hecke retten würden, auf der auch Pilaster auf und ab gehen und laut bellen würde.

Pina stellte sich vor, dass ein Schub sie erfassen und hochheben würde, wie eine Feder oder ein verdorrtes Heckenblatt, und dass sie durch die Luft schweben und das Dorf und die Hecke von oben sehen würde, die ihr winzig erscheinen würden. Sie stellte sich vor, dass sie auch Lobo sehen würde, noch viel winziger neben der Hecke stehend, wie er die Hand als Trichter vor den Mund halten und Pina etwas zurufen würde, das sie nicht verstehen würde.

Der Wind begleitete Pina und Lobo den Hügel hinunter, sie spürten ihn im Rücken.
    Und sie dachten an die Welt, die weit weg war. Unerreichbar für sie und für das ganze Dorf.

6

Das Dorf hatte Angst vor dem Verschwinden. Das Dorf war sehr damit beschäftigt, das Verschwinden aufzuhalten, die Sichtbarkeit zu wahren. Dafür schmiedeten sie Pläne, dafür hatten sie sich über die Jahre hinweg Strategien zurechtgelegt.

Das Pflegen der Hecke war eine Strategie. Auch der Erhalt des Leerstandes, die Messungen der Spezialisten, die Gestaltung des Dorfkreisels und das In-Bann-halten von Unkraut.

Wir müssen groß denken, sagte Emmerich, und das Dorf war auch dieser Meinung. Vielleicht ein Denkmal, sagte er. Vielleicht ein international bedeutendes Gebäude, ein Wahrzeichen aus Stein, noch höher als die Hecke, oder ein neues Museum.

Und du wirst Museumsdirektor, Lobo, seid viel draußen, Kinder, schont euch.

Er sei dran, sagte Emmerich, vielleicht sogar dicht dran, aber große Visionen brauchten Zeit zum Reifen.

Und weil Frau Werk über Reifungsprozesse am besten Bescheid wusste, hatte sie am meisten Verständnis, dicht gefolgt von fast allen anderen, die ebenfalls ahnten, dass jedes Gedeihen, und brauche es noch so viel Zeit, die Lösung sein könnte.

Jedem Strohhalm sprachen sie Bedeutung zu, das waren sie dem Dorf schuldig. Darüber waren sich alle einig.

Das Dorf hoffte auf Zuzug. Das Dorf hoffte darauf, dass eine Touristin oder ein Tourist hängen bleiben würde, dass sie sagen würden, dass der Ort ihnen ausgesprochen gut gefalle, die Ruhe, die Überschaubarkeit, die Authentizität dieses Ortes, ja, auch die Rohheit der Landschaft, die Heftigkeit des Windes. Das alles gefalle ihnen gut, würden sie sagen und dann bleiben, ohne ein weiteres Wort.

Die Zukunft des Dorfes hing eng mit dem Stand der Dorfkasse zusammen.

Ein Großteil der Dorfkasse floss in die Instandhaltung des Leerstandes. Wie lange das Dorf sich den Leerstand noch würde leisten können, hing vom Stand der Dorfkasse ab.

Wir drehen uns im Kreis, sagte Pinas Vater und schaute zu Pilaster, der genau das tat.

Emmerichs Pläne bekam das Dorf nie zu Gesicht. Emmerichs Pläne kannte ausschließlich Emmerich.

Seit Ilsas Wegzug hatte er kaum mehr gezeichnet. Selten ein paar Striche, hier und da eine Linie.

Ilsa hatte sich um die Schulbildung der Kinder gekümmert. Pina und Lobo mochten sie nicht besonders. Zu viele Hausaufgaben für Lobo, zu wenig Zeit für die Wetterfahnen für Pina. Und Ilsa ging es nicht anders. Sie mochte das Dorf nicht besonders.

Das Dorf wusste Bescheid, dass Ilsa damals nicht wollte. Dass sie das Dorf nicht wollte und nicht Emmerich, dass sie fortgezogen war und mit ihr auch Emmerichs Vorstellung von seiner Zukunft.

Wochen vor ihrem Wegzug hatte Emmerich ihr gesagt, dass er sich Liebe als Raum denke und dass seine Vorstellung von diesem Raum unendlich sei.

Aber Ilsa hatte wohl nichts, was sie in diesen Raum hineinstellen wollte, und ging.

Und Emmerich blieb.

Seit Frau Werk im letzten Sommer von der Leiter gefallen war und Emmerich sie gefunden hatte, sah man Frau Werk und Emmerich manchmal zusammen um den Teich spazieren oder durchs Naturschutzgebiet.

Emmerich hatte Frau Werk im Gras liegend gefunden. Er hatte ihr beim Aufstehen geholfen, und sie hatte geschrien vor Schmerzen. Und gemeinsam, stützend und humpelnd, hatten sie es bis zu Frau Werk nach Hause geschafft. Loma hatte sich die Verletzung angeschaut und den Fuß für nicht gebrochen befunden.

Schonen, ruhen, nicht bewegen, hatte Loma gesagt.

Und Emmerich hatte auf Anweisungen von Frau Werk Salbeiwickel um ihren Fuß gelegt, war die ganze Nacht geblieben, hatte sich gekümmert, hatte sich gesorgt.

Außer zu Frau Werk pflegte Emmerich nur spärlich Kontakt.

Vielleicht ist er lieber für sich, sagte Pinas Vater.

Vielleicht mag er Menschen nicht besonders, sagte Pina.

Um wenigen Menschen zu begegnen, ist das hier kein schlechter Ort.

Die Arktis wäre besser.

Aber kälter.

Wahrscheinlich mag er Menschen und Kälte nicht besonders.

Pilaster mag er.

Und als ob Pilaster auf das Stichwort gewartet hätte, hörten sie hinter der Hecke sein Bellen.

Sie habe gerade die Leeseite der Hecke gestutzt, als es passierte. Zum Glück nicht während des Heckenfestes, hatte Frau Werk gesagt, das hätte höchst unprofessionell gewirkt, unter all den Touristenblicken. Ihr Sturz wäre auf mehreren Fotos festgehalten worden, und wie sie dort im Gras gelegen hätte, neben der Hecke, laut schreiend und mit unbeschreiblichen Schmerzen. Und zum Glück sei es nicht spät abends passiert, wenn niemand mehr bei der Hecke vorbeikommt, hatte Frau Werk gesagt und am Salbeiwickel gezupft.

Und dann konnten die Hecke und die Kreiselbepflanzung und das Unkraut im Naturschutzgebiet ungestört wuchern, so lange, bis Frau Werk wieder gut auf beiden Beinen stehen und ihrem Handwerk nachgehen konnte.

DORA

Das Eis ist ein Gedächtnis kurz vor dem Vergessen, sagt die Meeresforscherin und rollt die Seilwinde auf. Es erinnert sich an all die Geschichten, die zu warmen Sommer, Vulkanausbrüche, Saharastürme, jeden Schneefall, tote Tiere. Es schließt sie in sich ein, die geschmolzenen Schichten, die Asche, den Staub, die Knochen, das Fell.

Die Jahre sind in den Eisbohrkernen abzulesen, anhand der chemischen Zusammensetzung, anhand von klareren und matteren Schichten, anhand leichter Verfärbungen im Eis. Nichts geht spurlos am Eis vorbei.

Nicht die Pest des 14. Jahrhunderts. Nicht die Atomwaffentests der 60er Jahre. Diese sind in das Eis eingeschrieben als radioaktives Tritium, das bei den Explosionen in die Atmosphäre gelangte und auf die Gletscher niedersank, auf alles niedersank, sich als giftiger Mantel um die Erde legte.

Auch die Zeit der Pest ist im Gletschereis eingeschrieben. In dieser Zeit bestellten die Menschen ihre Felder nicht, die Ernten blieben aus, und auf den Gletschern sind keine Pollen zu finden.

Auch das Fehlende also erzählt.

Indem man sich die Landschaft einprägt, prägt man auch sich selber in die Landschaft ein. Ob sie nicht auch dieser Meinung sei, fragt der Fotograf Dora.

Der Fotograf drückt ab. Dora vor einem Eisberg.

Die Landschaft bleibt ungefragt. Sie ist den Blicken ausgesetzt. Kann sich nur durch dichten Nebel davor schützen, durch Dunkelheit, oder indem sie so unwirtlich, so sehr unzugänglich ist, dass kein Auge sie erreicht.

Der Fotograf sagt, dass er andere Bilder suche als die Hochglanzpapierbilder vom Kalben von Gletschern und von bis auf die Rippen abgemagerten Eisbären.

Das waren lange die einzigen Bilder, die er selber aus der Arktis kannte. Und dann habe er ein anderes Bild gesehen. Es war eine Schwarz-Weiß-Fotografie. Es war ein Bild, das ihm jetzt näher an der Arktis scheint. Sie besser zu fassen weiß in der Art des Unfassbaren. Das Bild zeigte die Eiskante. Und hinter der Eiskante Nebel.

Das Bild war weit weg von Glanz, sagt der Fotograf. Es sei matt und unkonkret gewesen. Es zeigte die Ahnung eines Ortes. Obwohl es das Wissen um die Koordinaten des Nordpols gibt, ist dem Nordpol der Nordpol nicht anzusehen. Er ist unsichtbar. Mit bloßem Auge ist er nicht zu erkennen.

Dora sieht nur Teile, immer nur ein Fragment davon, und eines von dort zeigt sich ihr. Sie schaut wie verrückt, aber dennoch sind da nur und immer nur Bruchstücke.

Ein Gletscherabbruch hat einmal eine Flutwelle ausgelöst, die so hoch war, dass sie diese Insel komplett überspülte, sagt Mika und zeigt auf einen Landrücken, der sich neben ihnen erhebt. Und Dora sieht den gelben, orangen, hellgrünen bis braunen Strauch- und Graswuchs, sieht die Farben, die ihr in ihrem Gelb, Orange, Hellgrün und Braun besonders satt erscheinen.

Die Flutwelle war so wuchtig, dass sie ganze Eisberge auf die Insel trug, die dort liegen blieben, sagt Mika. Ein ungewöhnlicher Anblick sei das gewesen. Über die gesamte Insel verteilt hätten sie gelegen und seien den Sommer über vor sich hin geschmolzen.

Vielleicht waren sie zufrieden mit ihrem neuen Standort, vielleicht hatten sie ohnehin genug vom Eismeer und waren beeindruckt vom Ausblick über das Meer und davon, zum ersten Mal Boden unter sich zu spüren. Vielleicht aber wünschten sich die Eisberge auch nichts sehnlicher, als von der Insel wieder herunterzukommen, wieder im Eismeer zu schweben, zu neun Zehntel unter Wasser, und langsam mit der Strömung zu driften und vom Meer aus auf die Insel zu blicken, von der sie sich zwar sehr langsam, aber stetig fortbewegen würden.

VON EINER EXPEDITION

Noch Terra incognita, sagten die Geldgeber der Expedition. Vielleicht, sagten sie, gibt es oben im Norden, im Inneren der größten Insel der Welt, eisfreie Flächen, Land, auf dem Wurzeln durch den Boden dringen, auf dem Büsche wachsen, auf dem ein Leben möglich wäre und Anbau und Schürfung und Herrschaft.

Im Auftrag von Dänemark machte sich der Schweizer Alfred de Quervain auf den Weg. Er schien der geeignete Leiter der Expedition zu sein, aufgrund seines Wissens über den alpinen Raum, über Gletscher und Gletscherspalten, über Eispickel und Skier, über das Sich-Bewegen im Eis, über Bewegung im Eis, über große Kälte und große Höhe.

Ein erster Versuch aber scheitert.

Also ein zweiter Versuch, 1912/13, von Westen nach Osten. 700 Kilometer in 37 Tagen, in denen Alfred de Quervain und sein Team Grönland durchquerten, für Dänemark kundschafteten, in die Feldbücher schrieben, mit Wasserstoff gefüllte Pilotballone steigen ließen, Daten sammelten, den Bewölkungsgrad beobachteten, Windrichtung, Windgeschwindigkeit, Luftdruck, Lufttemperatur und Luftfeuchtigkeit maßen, Ausschau hielten nach eisfreiem Land. Aber überall war Eis.

Nach der Reise vermerkte Alfred de Quervain, dass auch in zukünftigen Expeditionen Beobachtungen über die Wol-

ken vorzunehmen seien, insbesondere solle ihre Bewegungsrichtung notiert werden.
Was von grosser Wichtigkeit wäre.
Für wen? Wessen Wichtigkeit?

Auf seiner Reise erreichte er ein Berggebiet in Ostgrönland. Er nannte das Gebiet *Schweizerland*. Dem höchsten Gipfel dieses Gebietes gab er den Namen seines Hauptsponsors *Forel*.
Der Mont Forel im Schweizerland.
Weder Berg noch Berggebiet hatten auf Namen gewartet.

Den Notizen Alfred de Quervains ist die Kälte anzusehen. Im Laufe der Durchquerung des kältesten Gebietes wird seine Schrift immer krakliger, aber vor allem werden die Buchstaben immer größer. So als ob die Größe der Buchstaben im Zusammenhang mit seinem Überleben stünde, als ob er und sein Überleben sich besser daran klammern könnten, an ein in großer Schrift geschriebenes *E*, an ein großes *T*.
Alfred de Quervain schickte regelmäßig *Berichte aus der Arktis* mittels Apparaten für drahtlose Telegraphie nach Paris an die Empfangsstation auf dem Eiffelturm und von dort aus nach Zürich an die Neue Zürcher Zeitung. Und die Leserinnen und Leser verfolgten in den Nachrichten des Tages das Entstehen einer alpin-arktischen Heldenerzählung, ein Sich-Einschreiben in die arktische Geschichte und die Arktisforschung. Die Arktis gelangte in die Wohnzimmer der Schweizerinnen und Schweizer, und es hieß: *Schweizerinnen und Schweizer fingen Feuer für die Arktis.*

7

Pina und Lobo spielten Fangen um die Hecke herum. Wenn Lobo dabei war, Pina zu fangen, dann versteckte sich Pina in der Hecke und schaute aus dem Dickicht zu, wie Lobo Runde um Runde rannte, bis er sich irgendwann erschöpft der Länge nach auf den Boden warf und rief, dass das Spiel aus sei, dass er nach Hause gehen würde, dass er noch nie gerne Fangen gespielt habe. Und Pina bewegte sich keinen Zentimeter. Schloss die Augen und hörte Lobos Rufen, seine Schritte und sein Näherkommen. Sie versuchte, ganz wie die Hecke zu werden. Das Kitzeln eines Insekts, das an ihr hochkrabbelte, genau wie die Hecke zu fühlen. Sich vorzustellen, genauso verästelt und vielblättrig zu sein wie sie.

Pina blieb ruhig liegen, hielt den Atem an, wenn Lobo genau, ganz genau vor ihr stehen blieb, und sie seine Schuhe sah, ein Teil seines Beins. Und erst, wenn Pina sicher war, dass Lobo nicht mehr bei der Hecke war, kroch sie nach draußen, stand auf, klopfte sich Erde, verdorrte Blätter von den Kleidern, schüttelte ihre Haare und ging wie Lobo nach Hause, drehte sich noch einmal zur Hecke um und die Hecke rauschte für sie.

Pinas Vater Karsten, Loma und Frau Werk standen neben der Dorfstraße.

Ob man nicht eine Form in die Hecke schneiden könne?, fragte Loma.

Sie hat bereits eine Form, sagte Frau Werk.

Man könnte sie mit dem einen oder anderen geometrischen Kniff imposanter wirken lassen, Emmerich könnte Pläne zeichnen, sagte Pinas Vater.

Die Natur habe ihre eigenen Pläne.

Wenn sie meine.

Und ob, sagte Frau Werk.

Währenddessen saßen Pina und Lobo am Westrand des Dorfes und schauten in die Hecke, beobachteten, wie der Wind die Hecke bewegte, wie die Hecke sich wölbte, aufplusterte, dehnte, wie sie dann wieder abflachte, wie sie sich wog und bog.

Und immerzu schauten die Kinder.

Manchmal könne er das Schrumpfen hören, sagte Lobo. Ein mahlendes Geräusch dringe dann aus der Erde, als würde die Erde selbst von innen her schrumpfen, und manchmal, an besonders windstillen Tagen, höre er das Schrumpfen an der Dorfstraße nagen.

Wie klingt das Nagen des Schrumpfens?

Wie das Nagen von Pilaster an einem Knochen, nur lauter, sagte Lobo.

Auf was warten die Kinder?, fragte Frau Werk und zeigte zur Hecke.

Wahrscheinlich eine Art Spiel, sagte Loma, wer zuerst wegschaut, hat verloren.

Wahrscheinlich auf Dora, sagte Pinas Vater.

Die Kinder wussten: Das Schrumpfen befand sich auf dieser Seite der Hecke.

Was verschwand:
Ilsa
Die Schule

Teile der Dorfstraße
Dora

Die Touristinnen und Touristen besuchten nach der Hecke oft auch das Museum. Sie interessierten sich vor allem für den Heckenraum, blieben aber auch vor anderen Vitrinen stehen, drückten ihre Touristenfinger an die Scheiben und zeigten auf die Spitzmaus, eine Muschelscherbe oder den versteinerten Pfotenabdruck einer Bramble-Cay-Mosaikschwanzratte.

Ein Dorfmuseum macht ein Dorf zu einem Dorf, sagte Loma. Und alle anderen im Dorf waren auch dieser Meinung.

Pinas Vater kümmerte sich um die neue Postkartenserie, die Loma im Museum verkaufte. Damit das Museum nicht nur aus dem Dorf ein Dorf, sondern auch aus der Dorfkasse eine Dorfkasse macht, sagte er und fertigte Karten mit Heckenmotiven an. Auch Pilaster musste dafür herhalten. Pilaster vor der Hecke stehend, Pilaster auf der Dorfstraße liegend, Pilaster an der Blumenrabatte von Frau Werk schnuppernd. Pina und Lobo weigerten sich, als Pinas Vater die Kamera auspackte und sagte: Für den Stand der Dorfkasse.

Der Stand der Dorfkasse kann uns sonst wo, sagten sie und hielten die Mittelfinger hoch.

Pinas Vater drückte ab.

Die Karte verkaufte sich gut.

Nebst der Betreuung der wenigen Gäste, die ab und zu in der Pension übernachteten, korrigierte Pinas Vater Online-Restaurantkritiken. Er fand Schreibfehler zwischen den Gängen und zwischen Adjektiven, die die Gerichte beschrieben, das Interieur der Restaurants, das Ambiente, die Tadellosigkeit oder Fehlerhaftigkeit der Zusammensetzung der Menüs. Und er stellte sich vor, dass eines Tages auch in der Pension ein Restaurantbetrieb eröffnen würde, mit einer Köchin der Spitzenklasse und Gerichten vom Feinsten, mit Stimmengewirr und Besteckgeklimper, mit Besucherinnen und Besuchern, die beim Verlassen der Pension sagen würden *Spitzenklasse* und *Vom Feinsten*.

Wenn er die Tiefkühltruhe aufmachte, um eingefrorene Beeren oder Bohnen herauszuholen, dann musste Karsten jedes Mal an Dora denken. Und dann breitete sich ein Gefühl in ihm aus, am falschen Ort zu sein. Und dann fragte er sich, ob ein Ort überhaupt richtig oder falsch sein konnte. Und wenn, ob dann nicht eher Dora am falschen Ort war und nicht er.

Pina beobachtete einen Raubvogel, der über der Hecke kreiste. Der Vogel schrie hell, einem Menschenschrei nicht unähnlich. Und da tauchten kleinere Vögel auf, sie stoben aus der Hecke wie aufgewirbelte Blätter, immer mehr, flogen auf den Raubvogel zu, umkreisten nun den Kreisenden. Und sausten immer wieder kopfüber an sein Gefieder. Der Raubvogel schwankte, flog höher, zog ab.

Über die Hecke wurde erzählt, dass sie das Überbleibsel eines einst riesigen Labyrinthes war und dass Menschen in dieses Labyrinth nur mit Menschen hineingingen, die schon einmal drin gewesen waren und die Wege kannten, vor allem die Wege hinaus. Einmal aber ging eine Person alleine hinein und fand nicht mehr heraus. Es wurde nach ihr gerufen, es wurde nach ihr gesucht. Ohne Erfolg. Man beschloss, die Labyrinthhecke Reihe um Reihe zu fällen, um die verloren gegangene Person zu finden. Aber auch, als nur noch die eine Heckenreihe stand, war sie noch nicht gefunden. Irgendwie musste die Person es geschafft haben, dem Labyrinth zu entkommen, oder aber das Gegenteil war der Fall, und die Person war in der Hecke selbst gefangen, war selber zur Hecke geworden.

Pina suchte im Internet nach dem Dorf. Sie öffnete die Karte und musste lange suchen und dicht heranzoomen, um überhaupt darauf zu stoßen, um den länglichen grünen Strich überhaupt zu erkennen, mitten in der Landschaft.
Wäre dieser längliche grüne Strich nicht gewesen, wahrscheinlich hätte sie das Dorf übersehen, hätte übersehen, dass dort in der Landschaft neben dem länglichen grünen Strich auch ein paar Häuser lagen, eine Straße, ein paar Wege, der Teich.

Ob Lobo auch in der Nacht die Hecke wachsen höre, fragte Pina.
Lobo nickte.

Pina versuchte, das Schrumpfen zu hören. Sie versuchte, sich ganz auf das Hören zu konzentrieren, atmete so leise wie möglich, bewegte sich nicht. Sie stellte sich vor, dass das Schrumpfen von der Hecke aus kommen könnte. Dass es in Wirklichkeit die Hecke war, die nagte, die sich das Dorf Stück um Stück einverleibte, von unten her, die an der Dorfstraße fraß, am Leerstand, die sich selbst an den Fundamenten der bewohnten Häuser zu schaffen machte und die dann irgendwann auch nicht davor zurückschrecken würde, Pilaster zu verschlingen, wenn er zur falschen Zeit auf der Dorfstraße lag.

8

An der Luvseite der Hecke ist Schaden zu melden, rief Frau Werk, unübersehbar, deutlich sichtbar schon von der Straße her.

In circa zwei Metern Höhe klaffe ein Loch, anscheinend hastig hineingeschnitten, die Schnittflächen unsauber, ausgefranste Ränder.

Aber Schnitte, eindeutig.

Vielleicht von einer Teleskop-Astschere, mutmaßte Frau Werk. Mit Sicherheit menschengemacht.

Nicht zu fassen, sagte Pinas Vater.

Er könne sich schon denken, sagte Emmerich und schaute zu Pina und Lobo.

Wer sollte, sagte Loma.

Eine Unverschämtheit, sagte Frau Werk.

Ob es vielleicht jemand auf sie abgesehen haben könnte und gar nicht auf die Hecke, ob ihr jemand Böses wolle, eine Touristin, eine Gärtnerei im Umland?, fragte Pinas Vater.

Nicht, dass ich wüsste, sagte Frau Werk.

Vielleicht eine unbezahlte Rechnung? Eine falsche Lieferung? Ein Streit unter Kollegen? Ihr Sturz von der Leiter im letzten Sommer, jetzt das, da stimmt doch was nicht, sagte Pinas Vater.

Pappellapapp, ich war unachtsam, Berufsrisiko, so ein Leitersturz, sagte Frau Werk.

Alle im Dorf wussten, dass Frau Werk ein Zweitwerkzeuglager im Schuppen neben Lobos Haus führte, dass dort Sägen und Spaten und Spatgabeln, Hacken und Scheren lagen. Und dass kein Schloss den Schuppen verschloss, dass alle Zugang hatten.

Es könnte also jede Person aus dem Dorf, aber auch die Busfahrerin, eine Touristin, ein Spezialist, irgendein Passant dort eingedrungen sein, die große Schere entwendet, zur Hecke damit und – hoppla. Und dann alles wieder an seinen Platz.

Lobo konzentrierte sich aufs Lauschen.

Pina beschloss, Emmerich im Auge zu behalten.

Frau Werk beschloss, das Umland im Auge zu behalten, und die Touristinnen und Touristen.

Pilaster hatte die Augen geschlossen, lag auf der Dorfstraße, auf dem Rücken, auf dem Bauch.

Pinas Vater dokumentierte den Heckenschaden mit der Kamera.

Für den Heckenraum, sagte er und kletterte Frau Werks Leiter hoch, bis auf die Höhe des Schadens.

Fatal, sagte er und drückte ab.

Ja, ungeheuerlich, sagte Frau Werk, die unten stand, die Leiter hielt. Sie könne es noch immer nicht fassen. Wahrscheinlich war es doch ein Tourist, sagte sie.

Möglich, sagte Pinas Vater.

Vielleicht einer, der Hecken hasst.

Dann wäre sein Reiseziel ziemlich schlecht gewählt.

Oder vielleicht absichtlich so gewählt, um sich zu rächen.

An unserer Hecke?

Warum nicht?

Ein bisschen weit hergeholt vielleicht – Pinas Vater stieg die Leiter hinunter.

So viel Müll, wie die hier liegen lassen, zuzutrauen ist es ihnen, Frau Werk klappte die Leiter ein.

Er habe Emmerich beim Schuppen gesehen, gestern erst, sagte Lobo. Es sei ihm so vorgekommen, als sei er gerade eben aus dem Schuppen getreten, so nah habe er bei der Tür gestanden.

Wusst ich's doch, sagte Pina, hatte er ein Werkzeug dabei?

Er habe keines gesehen.

Ausgefuchst, sagte Pina.

Er könne aber nicht mit Sicherheit sagen, dass Emmerich im Schuppen gewesen sei, vielleicht war er auch einfach spazieren gegangen.

Pina hielt Emmerich einen Bleistift hin.

Den habe sie beim Schuppen gefunden, das sei doch sein Bleistift.

Emmerich nahm den Bleistift, rollte ihn zwischen seinen Fingern auf und ab.

Hm, das könnte sein, aber er denke eher nicht, dass das sein Bleistift sei, er verwende solche mit feineren Minen.

Ach, sagte Pina.

Ja, sagte Emmerich und streckte ihr den Bleistift wieder entgegen.

Pina winkte ab. Wer sonst könnte einen Bleistift beim Schuppen verlieren?

Da würden ihm genau eine Handvoll weiterer Möglichkeiten einfallen, sie selber sei ja demnach auch beim Schuppen gewesen, wenn sie den Bleistift dort gefunden habe, sagte Emmerich und lief los.

Was heißt hier *auch*, geben Sie also zu, da gewesen zu sein?, rief ihm Pina hinterher.

Emmerich aber war schon auf der anderen Seite der Hecke.

Der Leuchtturm der Bramble-Cay-Insel hielt den Stürmen stand. Er harrte aus. Aber der steigende Meeresspiegel würde ihn irgendwann einholen, würde ihn Stück für Stück versenken, und am Ende würde nur noch ein kleiner Teil aus dem Wasser ragen wie eine sonderbare, regelmäßig blinkende Boje.

Und auch Pinas Taschenlampe blinkte. Sie morste Lockrufe in die Nacht.

Für alle, die umherirrten.

Und für Dora.

DORA

Dora liest im Buch des Fotografen, dass der Gegenblättrige Steinbrech eine der nördlichsten Blütenpflanzen sei, dass er sich in Gruppen versammle und kleine Polster bilde, dass er häufig von Hummeln besucht werde, dass die Hummeln zwischen Polster und Polster oft weite Strecken zurücklegten.

Es ist zu lesen, dass der Gegenblättrige Steinbrech auch in den Alpen vorkomme. Ohnehin seien sich Alpen und Arktis nicht unähnlich. Ein bisschen gegenblättrig seien sie, aber sie teilten sich viel, nebst der Flora auch das Klima.

Die Eselsohren markieren die Ziele des Fotografen.

Ein Foto einer Hummel auf einem Gegenblättrigen Steinbrechpolster ist eines davon.

Das Eis schmilzt, und wenn das Eis schmilzt, dann schwindet das Gewicht des Eises, lässt Land frei, der Fels hebt sich an, Fels steigt in die Höhe. In der Arktis steigt Land.

Ein weiteres Ziel des Fotografen ist das Festhalten des steigenden Landes. Er beobachtet Küstenstreifen, geologische Strukturen, Erhebungen, Wölbungen, sucht nach Wendungen im Gestein.

Er müsse nur genügend lange vor ein und demselben Stück Küste sitzen und immer wieder fotografieren, jahrelang, und die Aufnahmen dann im Zeitraffer laufen lassen, dann könne er es mit eigenen Augen sehen, könne sehen, dass das Gestein sich hebt, wie ein einatmender Wal.

Dora erinnert sich an ein Lied, das sie Pina früher häufig vorgesungen hat. Die Melodie ist eine besonders schöne Melodie. Im Lied fragt ein Junge ein Mädchen: Was kann wachsen ohne Regen?
 Und das Mädchen antwortet: Stein kann wachsen ohne Regen.
 Dora summt die Melodie, und Pina sitzt neben ihr, schaut wie sie auf die Küste, die keiner Landschaft gleicht.

9

Mit Ilsa verschwand auch die Schule aus dem Dorf.

Es gibt Dörfer ohne Schulen, sagte Emmerich.

Wenn wir den Kindern keine Bildung mehr ermöglichen können, dann ist Schluss, sagte Pinas Vater, und auch Loma war dieser Meinung.

Loma übernahm.

Loma war motiviert, Pina und Lobo etwas beizubringen, was sie im Leben brauchen könnten, und sie wollte von den Kindern wissen, wovon sie dachten, dass sie es in ihrem Leben einmal brauchen könnten. Was wollt ihr lernen?, fragte Loma.

Alles über das Wetter, über Hitze und Wind, Schnee und Eis, sagte Pina.

Lobo zuckte mit den Schultern.

Das kriegen wir hin, sagte Loma.

Sie begannen bei den Arktischen Erdhörnchen und landeten bei den Stärken des Windes, und Loma war der Meinung, dass sie gut vorankämen.

Was wisst ihr über das Wetter?, fragte Loma, und Pina und Lobo sagten, was sie wussten, dass der Wind meistens von Westen her kam und dass er meist stark war, aber nicht genügend stark, um das Gewicht von Menschen zu heben.

Dort bläst er, sagte Pina und zeigte auf eine Wetterfahne.

Loma drehte sich um und sah, wie sich ein Stück Holz im Wind drehte.

Der Heulende Hund, sagte Pina, Pilaster habe ihr Modell gestanden.

Die Ähnlichkeit mit ihm sei aus dieser Distanz nicht zu erkennen, sagte Loma.

Auch aus der Nähe sei die Ähnlichkeit nicht zu erkennen, sagte Lobo.

Sie habe bessere, sagte Pina.

Was wisst ihr über den Winter?, fragte Loma weiter. Und Pina und Lobo antworteten, dass er meistens plötzlich komme, dass er eines Morgens einfach da sei, mit Schnee und wenig später auch mit Eis auf dem Teich.

Wenn Eis auf dem Teich ist, dann ist Winter, sagte Lobo. Und wenn der Winter genügend hart wird, dann wird das Eis genügend dick. Dann stehen wir auf dem Eis und rutschen von der einen Teichseite über den ganzen Teich zur anderen Teichseite.

Das ist das Schöne am Winter, sagte Pina.

Schwarzer Holunder wächst schnell, Föhren, auch Bambus. Algen wachsen schnell. Sie wachsen ungesehen unter der Wasseroberfläche. Sie wachsen nicht ganz, aber fast im Dunkeln. Zumindest brauchen sie sehr wenig Licht.

Pina stellte sich vor, eine Alge zu sein, wie sie im kühlen Wasser hin und her treiben würde, fast nur scheinbar befestigt am Teichgrund oder ganz frei schwimmend. Sie stellte sich vor, langfaserig zu sein und überall an Wasser zu grenzen, die Strömungen zu spüren und Schutz zu sein für kleine Fische, die sich versteckten vor größeren Fischen.

Loma erzählte, dass, noch bevor es Pina und Lobo gegeben habe, als das Dorf ganz offensichtlich noch ein Dorf gewesen war, eine Bewohnerin namens Hösch einen Fisch aus dem Teich gezogen habe, in dessen Magen man einen zwar toten, aber noch ganzen kleineren Fisch entdeckt habe, und als man diesen zweiten Fisch ausgenommen habe, habe man in dessen Magen wiederum einen Fisch entdeckt. Sie könnten das gerne für eine Lügengeschichte halten, aber sie selber sei als Kind dabei gewesen, als die Fische ausgenommen wurden, sie habe den kleinsten der drei Fische zum Abendessen serviert bekommen, Hösch den größten, so was präge sich ein. Obwohl man ja wisse, dass Tiere Tiere fressen, sei das doch ein merkwürdiger Anblick gewesen. Aber so sei die Welt nun einmal, und Überraschungen gehören zum Besten, was die Welt zu bieten habe.

Loma erzählte, dass Frau Hösch auf der Suche nach einer besonderen Ameisenart das Dorf verlassen habe und an den Äquator gereist sei. Dass sie dort in uralten Wäldern mit einem Katapult Seile in die Baumkronen von unfassbar hohen Bäumen schießen und nach oben klettern würde. In den Baumwipfeln würde sie Ameisen beobachten und deren Lebensweise mit der Lebensweise der Ameisen am Waldboden vergleichen. Die Unterschiede seien frappant. Ein Grund dafür sei die Tatsache, dass der Temperaturunterschied zwischen Waldboden und Baumkronen bis zu 18 Grad Celsius betragen würde. Das sei ein ganz und gar anderer Lebensraum in den Wipfeln, sagte Loma, und dass es wunderbar sein müsse, dort oben, auf diesen alten Bäumen in dieser großen Höhe mit dieser außerordentlichen Aussicht.

Frau Hösch habe ihre Beobachtungen publiziert, und Loma habe vor allem die Tatsache fasziniert, dass dieselben Ameisenarten, je nachdem, welches Modell ihrer genetischen Bausteine aktiviert werde, zu Ameisen heranwachsen würden, die bis zu vierzig Jahre lebten, oder zu solchen, die bereits nach wenigen Tagen starben. Stellt euch das einmal vor, Kinder, sagte Loma, eine Ameise, vierzig Jahre und überhaupt, dass die Möglichkeit bestehe, dass aus derselben Art so gänzlich unterschiedliche Lebensweisen hervorgehen könnten, das fasziniere sie immer wieder aufs Neue.

Auch Frau Werk konnte über große Bäume berichten. Der höchste Baum der Welt sei der Küstenmammutbaum. Er stehe im Redwood-Nationalpark in Kalifornien und sei fast einhundertfünfzehn Meter hoch, weit höher als die Hecke, sagte Frau Werk. Ein anderer beachtlicher Baum sei der Baobabbaum. Das Faszinierende an diesem Baum sei, dass er schrumpfen und wachsen könne, je nach Wasservorkommen. Während Trockenzeiten ziehe er sich zusammen, und in Zeiten mit viel Wasser sauge sein Stamm das Wasser auf wie ein Schwamm, dehne sich aus, nehme an Umfang zu.

Sowohl einen Mammutbaum als auch einen Baobabbaum würde sie sehr gerne einmal sehen. Sehr gerne würde sie unter einem solchen Baum stehen und nach oben schauen, in das weit entfernte Blätterwerk.

Pina schaute auf den Teich und stellte sich vor, wie dort aus dem Wasser ein Eisberg herausragen würde, wie er vom Wind an das Ostufer des Teiches gedrängt, wie er dort an Land andocken würde, wie sie zum Eisberg laufen und auf den Eisberg klettern würde und wie sie die Kälte von unten her ankriechen, wie sie sich auf dem Eisberg stehend vorstellen würde, mit ihrer eigenen Wärme ein Loch in den

Berg zu schmelzen, ein Loch mit dem Umriss ihres Körpers. Pina fragte sich, wie lange das dauern würde und wer von ihnen beiden eher nachgeben würde, der Berg vor lauter Wärme oder sie vor lauter Kälte.

Was weiter verschwand:
  Drei Fische aus dem Teich
  Frau Hösch

BERICHTE AUS DEM UMLAND

Frau Werk berichtete, dass die Zersetzung der Dorfstraße auch dort zu bemerken sei. Teilweise seien Straßenabschnitte im Umland deutlich schlechter dran als die Straße im Dorf. Aufgerissener Asphalt, Moosbewuchs bis in die Straßenmitte.

Im Vergleich zum Umland, berichtete Frau Werk, stehen wir noch gut da. Das sagte sie mit einer Erleichterung in der Stimme. Und auch alle aus dem Dorf waren erleichtert.

Frau Werk bemerkte aber zu Recht, wie dem Dorf schien, dass das Dorf auf den Zustand des Umlandes angewiesen sei. Dass der Zustand des Umlandes auch Auswirkungen auf den Zustand des Dorfes und auf den Stand der Dorfkasse habe. Man denke nur an die Touristenbusse. Der Zustand des Umlandes bestimmt über den Grad unserer Abgeschiedenheit oder Anschlussfähigkeit, sagte Frau Werk mit Besorgnis in ihrer Stimme. Und auch das Dorf war besorgt.

DORA

Sie würde das Lager der Meeresböden zwar hegen und pflegen, auch lieben, aber dennoch sei sie mehr der Forschung verpflichtet als dem Bewahren, sagte die Meeresforscherin, als Dora sie zum ersten Mal traf. Dora stand neben ihr im Hochregallager, rund herum vier Grad Celsius.

Sie seien ungemein schön, die Bohrkerne, gefüllt mit Sedimenten aus der Tiefe, sagte die Meeresforscherin. Man könne in ihnen die Geschichte lesen, könne sehen, wo ein Vulkan eine Ascheschicht abgeworfen hat, wo ein Meteorit auf die Erde getroffen ist, kann den Dinosauriern sozusagen beim Aussterben zusehen oder erkennen, wo das Klima sich erwärmt hat. Man könne seine Hand neben den Bohrkern legen und in die Länge des Daumens passten 2000 Jahre.

Insgesamt lagern in den Regalen 250 000 Kerne aus 90 Expeditionen. Mehr als 158 Kilometer Länge würden die je 1,5 Meter langen Bohrkerne ergeben, würde man sie Kern nach Kern aneinanderlegen.

Die Kerne liegen gehälftet. Die eine Hälfte mit schwarzen Deckeln liegt für die aktuelle Forschung, die andere Hälfte mit roten Deckeln liegt für die Zukunft bereit, in der andere Technologien, Methoden, andere Werkzeuge und anderes Vorwissen neue Erkenntnisse generieren werden. Wissen, von dem wir uns heute noch kein Bild machen könnten, sagte sie, und Dora meinte, in ihrem Gesicht

Überlagerungen von Expeditionen zu sehen, meinte, den Südpazifik ebenso zu sehen wie das Nordpolarmeer. Und wenn sie von den Expeditionen sprach, vom Südpazifik und vom Nordpolarmeer, dann wünschte sich Dora, das zu sehen, was die Meeresforscherin vor ihrem inneren Auge sah.

Die Meeresforscherin war schon mehrere Male in der Arktis gewesen. Mit einem größeren Schiff, mit einem größeren Team, mit einem größeren Vorhaben. Auf anderen Reisen der Meeresforscherin hatten russische Eisbrecher die Expeditionsschiffe begleitet, vor ihnen das Eis geteilt, eine Wasserstraße ins Weiß geschnitten. Ein Eisbrecher spaltete das Eis in große Schollen, ein zweiter Eisbrecher spaltete die großen Schollen in kleine Schollen.

Und während die Expeditionsschiffe versuchten, die erreichte Bohrposition zu halten, kreisten der große und der kleine Eisbrecher um das Expeditionsschiff herum, sorgten dafür, dass das Eis offen und dem Schiff fernblieb, sorgten dafür, dass die Bohrmaschine ungestört bohren und in bis zu 60 Millionen Jahre vordringen konnte.

Dora stellt sich das Bohren auf einem solchen Expeditionsschiff vor. Sie stellt sich die Meeresforscherin vor, die das Geschehen beobachtet, die jederzeit bereit ist einzugreifen. An einem Stahlseil befestigt, wird der Bohrroboter über Bord gelassen, er taucht ab, verschwindet aus dem Sichtfeld der Meeresforscherin, nur sein Licht schimmert noch für kurze Zeit an der Oberfläche. Der Drilling Superintendent und der Driller verfolgen den Bohrroboter auf Monitor. 40, 60, 90, 120, 160, 240, 680, 1000, 2000 Meter in die Tiefe, vorbei an den verborgenen Unterseiten der Eisberge, vorbei an einem Grönlandhai, bis tief hinab, bis ganz nach unten zu den Heilbutten.

Dora denkt an die Kälte dort unten und an die Dunkelheit.

Der Bohrroboter erreicht den Meeresboden, die drei Standbeine werden ausgefahren, finden Halt, der Driller gibt das Zeichen zum Start. Ein riesiger Bohrkopf beginnt zu rotieren, gräbt sich in den Grund, Sediment dringt in die Röhre ein.

Der Bohrroboter arbeitet ohne Unterbrechung, er arbeitet tagelang und durch die Nacht, und auch die Bootsbesatzung schläft nur wenig.

Und dann sind die Bohrkerne geborgen, die Positionen abgearbeitet, der Bohrauftrag ausgeführt. Die Stahlseile spannen sich, der Bohrroboter wird angehoben, die Standbeine eingefahren 2000, 1000, 680, 240, 160, 120, 90, 60, 40 Meter nach oben. Luftblasen kündigen sein Auftauchen an, Licht dringt an die Meeresoberfläche, und mit einem schnaufenden, schmatzenden Geräusch taucht der Roboter auf, schwebt über dem Wasser und wird an Deck gezogen.

Die Meeresforscherin sagt, dass ihr Verhältnis zur Zeit angesichts der 15 000 bis 20 000 Jahre, die in einem 1.5 Meter langen Bohrkern vor ihr auf dem Tisch liegen, sich verändert habe. Sie schaue der ihr selbst noch verbleibenden Zeit beinahe mit einer Art Staunen entgegen. Ein Staunen darüber, dass eine so kurze Zeitspanne wie ein Menschenleben sich doch auch lange anfühlen könne, wie dehnbar demnach die Zeit sei und wie komprimierbar.

Ein Staunen auch darüber, dass ein kleiner wurmartiger Organismus, der sich einst durch eine Bodenschicht wühlte, ebenso Spuren hinterlasse wie die riesenhaften Dinosaurierkörper, die über den Erdball gingen.

Überhaupt gehörten die Größenverhältnisse zum Erstaunlichsten auf diesem Planeten. Dass beispielsweise ein Blauwal oder ein Walhai sich von den kleinsten Lebewesen, dem Plankton, ernähren würden, das fasziniere sie ungemein, sagte sie.

Dora hat von ihr gelernt, sich für das Meer zu begeistern, für die Meeresböden. Die Meeresforscherin hat Dora viel über Sedimente beigebracht, über die Schichtungen und Ablagerungen und wie und was darin zu lesen ist. Dora hat ihr stundenlang dabei zugesehen, wie sie mit kleinen Löffeln und Spachteln, Pinzetten und Messern Teile aus dem Sedimentkern barg, wie sie die Sedimentprobe in Tüten packte, eine Etikette druckte und auf die Tüte klebte und sie laborbereit verschweißte, wie sie mit ihrem Finger das Zellophan wieder über den halbierten Bohrkern legte, den Bohrkern zurück ins Hochregallager brachte. Dora hat ihr geholfen, weitere Kerne zu holen, und hat dabei der Kühlanlage gelauscht, die kontinuierlich kühlte, die im Hochregallager ein Klima schaffte, wie es auch am Meeresboden vorzufinden ist.

10

Um in den Sommermonaten etwas Geld zu verdienen, arbeiteten Pina und Lobo bei Frau Werk im Naturschutzgebiet.

Je schneller wir von der Dorfkasse loskommen, desto schneller kommen wir aus dem Dorf, sagte Lobo.

Sie trugen Gartenhandschuhe aus dickem Leder.

Die müssen dick sein wegen der Dornen, es hat hier überall Dornen, und das ist das Lästigste, wenn ihr diese Dornen in der Haut habt, das ist fast wie Unkraut, die bekommt ihr nicht mehr los, sagte Frau Werk und wedelte mit den Handschuhen durch die Luft.

Das Naturschutzgebiet war klein.

So klein ist das, sagte Lobo, dass das keiner merkt, ob das Naturschutz ist oder nicht.

Alles fängt im Kleinen an, sagte Frau Werk, die gehört hatte, was Lobo nur zu Pina hatte sagen wollen. Schaut euch selber an, sagte sie und ging mit großen Schritten voraus.

Nicht alles, erwiderte Pina, Eisberge zum Beispiel fangen groß an.

Pina blieb ihr dicht auf den Fersen.

Lobo und Pina streiften tagelang durch das hohe Gras im kleinen Naturschutzgebiet, das hinter dem Teich begann und zwischen Teich und Dorfstraße eingeklemmt lag. Das Gras war stellenweise höher als sie.

Eigentlich müsste alles Naturschutz sein, sagte Frau Werk, das ist alles schützenswert. Sie machte mit dem Arm eine ausladende Geste, und Lobo und Pina war klar, dass Frau Werk mit dieser Geste nicht nur das Umland meinte, sondern Land weit darüber hinaus.

Aber irgendwo muss man anfangen, wir fangen hier an, sagte sie und zeigte auf eine Pflanze, die einen Meter hoch aufragte.

Jetzt ist genau die richtige Zeit für das Entfernen von Drüsigem Springkraut, sagte Frau Werk. Das Drüsige Springkraut müsse man vor dem Bilden der Samenkapseln erwischen, da ansonsten bei jeder noch so feinen Berührung die Kapseln platzten und die Samen bis zu acht Meter weit katapultiert würden.

Acht Meter, das sei beachtlich, sagte Pina und bewunderte das Springkraut für dessen Sprungkraft.

Beachtlich ja, vor allem aber lästig, sagte Frau Werk, auch bereits ausgerissene und liegen gelassene Springkrautpflanzen könnten sich leicht wieder verwurzeln, darum müsse man sie wegtragen und kompostieren oder auf der Dorfstraße zum Austrocknen ausbreiten.

Pina warf alle ausgerissenen Drüsigen Springkrautpflanzen auf die Dorfstraße zum Austrocknen. Auf der Dorfstraße war kaum je jemand anzutreffen, außer ab und zu ein Touristenbus oder ganz selten ein Privatauto mit Touristinnen und Touristen. Ein einziges Mal nur kam eine Familie auf Fahrrädern über die Dorfstraße ins Dorf und zur Hecke. Sie kauften bei Pina eine Wetterfahne.

Lass die Kinder doch aussuchen, sagte die Mutter zum Vater, und der Vater sagte: Wählt ihr aus, Kinder. Eines der beiden Kinder aber schlief tief und fest im Anhänger, und das andere Kind war noch zu klein, um überhaupt zu sprechen. Bevor die Eltern es sich anders überlegten und womöglich ganz ohne Wetterfahne das Dorf wieder verließen, sagte Pina, dass sie ihnen die Große Bärin wärmstens ans Herz legen wolle, dass sie dieselbe mit großer Sorgfalt und aus einem besonders schön gewachsenen Stück Holz angefertigt habe, dass es die kostbarste Fahne unter allen hier ausgebreiteten Fahnen sei und dass sie den Wind sehr präzise und absolut vertrauenswürdig anzeigen würde, dass der Kauf der Großen Bärin sich also lohnen würde, ganz ohne Zweifel.

Vielleicht lag es an ihren überzeugenden Worten, vielleicht daran, dass die Große Bärin wirklich schön war, vielleicht auch daran, dass das ältere Kind im Wagen aufgewacht war und zu weinen begann, dass die Eltern sagten, dass das eine wirklich schöne Fahne sei und Pina das Geld gaben, die Fahne samt dem zweiten Kind im Anhänger verstauten und losfuhren.

Was weiter verschwand:
Springkraut.

Pina stand an der Dorfstraße und überlegte sich, ob das Drüsige Springkraut ein Motiv für eine neue Wetterfahne sein könnte, als sie ein Klingeln hörte. Hinter dem von ihr auf der Dorfstraße ausgebreiteten Haufen Springkraut stand eine Frau mit Fahrrad und kam nicht weiter.

Zuerst versuchte Pina, die Frau und das immer wilder werdende Klingeln zu ignorieren, aber schließlich gab sie auf und rief ihr zu: Ja was?

Ja das da, rief die Frau zurück und zeigte auf den Haufen ausgerissener Pflanzen auf der Straße vor ihr.

Steigen Sie ab, gehen Sie drum herum, sagte Pina, und warf eine weitere Springkrautpflanze auf den Haufen.

Sie steige nie vom Rad, sagte die Frau, das habe sie sich geschworen, als sie aufstieg, sie fahre so lange, bis sie ihr Ziel erreicht habe, das sei eine nicht zu brechende Regel, sie würde nur zum Schlafen für maximal fünf Stunden absteigen und zur Verrichtung ihrer Geschäfte, notgedrungen, ansonsten immer auf dem Sattel, immer im Flug, sagte sie.

Was denn ihr Ziel sei, fragte Pina die Frau, die sie beim Nähertreten ungefähr so alt wie Dora schätzte und die – das konnte Pina nun sehen – einen Ganzkörperanzug trug, der die Struktur und das Farbenspiel eines Federkleides imitierte.

Einmal um die Welt, sagte die Frau, das Ziel sei der Anfang.

Ist das ein bestimmter Vogel?, fragte Pina und zeigte auf ihren Anzug, das könnte ein Bienenfresser sein.

Eine kleine Ornithologin, was?

Dass die Frau sie für eine Ornithologin hielt, gefiel ihr. Das *klein* ignorierte Pina.

Pina räumte den Haufen Springkraut zur Seite, damit die Frau wieder freie Fahrt hatte.

Danke, sagte die Frau und trat schon in die Pedale.

Gute Reise, rief Pina ihr nach, der Anzug glitzerte in der Sonne, und die Frau hob einen Arm.

Auch Lobo sei der Frau mit Ganzkörpervogelanzug begegnet, erzählte er beim Rapport. Wie lange das dauern würde, mit dem Fahrrad einmal um die Welt, er habe vergessen zu fragen, ob Pina gefragt habe, fragte Lobo.

Nein, hab ich nicht, wahrscheinlich ausgesprochen lange, sagte Pina.

Wahrscheinlich, sagte Lobo, und Frau Werk sagte: Wenn man immer Richtung Westen fährt, kommt man doch irgendwann im Osten an.

Und obwohl diese Aussage nicht in einem direkten Zusammenhang zur Vogelfrau stand, fanden Pina und Lobo sie interessant.

Die Hecke war laut. Ein Vogelschwarm hatte sich die Hecke als Rastplatz ausgesucht. Die Vögel waren überall, auf und in der Hecke, sie flogen um die Hecke herum. Der Lärm war weit über den Teich zu hören. Woher kamen die Vögel, was hatten sie auf ihrer Reise gesehen, hatten sie andere Vögel getroffen, schauten die Vögel beim Fliegen nach unten oder nur geradeaus, schauten sie während des Flugs zurück, reichte das Wasser, die Nahrung, mussten sie notlanden aufgrund von Wasserknappheit oder Mangel an Nahrung, war die Witterung geeignet für ihre Flugformationen, sahen sie die Sterne, trug der Wind sie beständig, wo wollten sie als Nächstes hin, und was war ihr fernes Ziel, würde dort etwas auf sie warten, ein Nistplatz zum Beispiel oder ein Klima, waren es Kurz- oder Langstreckenzieher, würden sie sich die Hecke merken und von nun an jedes Jahr kommen, können sich Vögel Gesichter merken, könnten sie sich an Pinas Gesicht erinnern?

Pina dachte an die Frau mit Ganzkörpervogelanzug. Sie war eine Langstreckenzieherin. Und Pina wollte auch so eine werden.

VON EINEM WALROSS

In Oslo wurde ein Walross zur Sommerattraktion. Es hielt sich im Hafen auf, sonnte sich auf Booten, kam zum Steg, legte sich an die Strände. Die Menschen fotografierten das Tier, manche sprangen zu ihm ins Wasser. Die Behörden mahnten zur Vorsicht, sie sagten: Das ist ein Wildtier, viel wendiger, als es scheint, mit spitzen Hauern, lasst das Tier in Ruhe, haltet Abstand.

Aber die Menschen fotografierten weiter, und weiterhin sprangen manche zu ihm ins Wasser.

Und die Behörden sagten: Wenn das so weitergeht, dann müssen wir das Walross einschläfern, zu eurer Sicherheit.

Und genauso ging es weiter:

Das Tier wurde eingeschläfert, nicht weil es den Menschen, sondern weil die Menschen ihm zu nahe kamen.

11

Damit das Dorf noch als Dorf bezeichnet werden konnte, ging Pinas Vater in der nächsten Stadt in großen Mengen und vorausschauend einkaufen, versuchte Frau Werk, die Dorfstraße von Unkraut freizuhalten, vergrößerte Loma den Sammlungsbestand des Museums, ersetzte Emmerich zerbrochene Ziegel auf Dächern von leer stehenden Häusern, legten sie ihre Zukunft in vier kleine Hände.
 Pina und Lobo aber machten die Fäuste im Sack.

Die Wetterfahnen drehten, der Wind zog über die Dorfstraße. Pilaster blieb standfest, und auch Pina und Lobo versuchten, es Pilaster gleichzutun, während Pina mit einem Stock in einer Erdmulde stocherte und Lobo rote Beeren von einem Busch klaubte und gegen den Wind versuchte, damit die Erdmulde zu treffen. Nicht weit von ihnen hantierte ein Spezialist mit einem Tachymeter. Und noch weiter hinten machte sich ein anderer Spezialist bei der Hecke zu schaffen. Vielleicht nahm er Bodenproben, vielleicht verglich er die Farbe der Blätter mit einem Farbfächer. Von hier aus war das nicht zu erkennen.
 Ob man das Walross nicht hätte umsiedeln können, sagte Pina, ob man nicht hätte versuchen können, das Tier zu fangen, weiter in den Norden zu bringen, per Schiff oder Helikopter. Ob man nicht hätte versuchen können, das Tier

der Nähe der Menschen zu entziehen, es vor den Menschen zu retten.

Das wäre besser gewesen, sagte Lobo und verfehlte erneut die Mulde.

Die Busfahrerin verließ selten ihre Fahrerkabine. Pina beobachtete sie, wie sie in ihre Richtung kam, pfeifend. Sie blieb direkt vor Pinas Campingtisch stehen.

Sie komme ja eigentlich nie raus, sagte sie, aber heute sei eine Ausnahme, heute sei ihr Geburtstag.

Ich gratuliere, sagte Pina, das sei gut, an einem sonnigen Tag Geburtstag zu feiern.

In meiner Kabine habe ich nicht viel vom Wetter.

Aber jetzt sind Sie ja draußen.

Genau, sagte sie und berührte mit ausgestrecktem Zeigefinger den Vogel im Sturm. Sie habe sich schon lange gefragt, was sie hier verkaufe, Kinderspielzeuge?

Wetterfahnen, sagte Pina, handgemacht, beste Qualität, präzise Windanzeige, geeignet für Schön- und Schlechtwetterlagen, Hoch- und Tiefdruckgebiete, nördliche und südliche Breiten.

Du machst die?

Pina nickte und ließ ihre kleine Windmaschine laufen, hielt den Vogel im Sturm in den Luftstrom, damit die Busfahrerin die ganze Kunst erkennen konnte.

Was soll das sein?

Ein Vogel im Sturm.

Der gefalle ihr, das sei ein gutes Geburtstagsgeschenk, sie komme mit dem Bus ja auch immer wieder in Stürme oder an Stürmen vorbei.

Wenn das mal nicht passt, sagte Pina.

Die Busfahrerin bezahlte, klemmte den Vogel im Sturm

unter den Arm und schlenderte mit ihm zurück zum Bus, vor dem sich bereits eine kleine Touristenschlange gebildet hatte.

Pina sammelte alle Wetterfahnen des Dorfes ein, holte sie von den wenigen Dächern, von den extra für sie aufgestellten Eisenstangen neben der Straße, neben der Hecke, neben dem Steg. Die Witterung hatte Lack und Farbe abgeblättert, Hitze, Regen und Wind trugen ihren Teil dazu bei, dass die meisten Wetterfahnen matt und brüchig auf ihren Posten standen.

Lobo hielt Frau Werks Leiter, damit Pina das Feurige Fahrrad erreichen konnte.

Damit ließe sich vielleicht auch im Umland Geld verdienen.

Vielleicht.

An Orten mit Wind.

Ich könnte bauen, du könntest verkaufen, sagte Pina.

Oder ich baue auch.

Oder so, sagte Pina.

Plötzlich war das Surren einer Spezialistendrohne zu hören. Und kurz darauf war auch der Spezialist zu hören, der über den Wind fluchte. Die Drohne flog nur wenige Zentimeter an Pinas Kopf vorbei.

Das Feurige Fahrrad fiel ihr aus der Hand und zerbrach neben Lobos Füßen.

Pina schaute Pilaster zu, der eine Wetterfahne anbellte, die sich im Wind drehte.

Der Heulende Hund.

Die Wetterfahnen bewegten sich,

Pilaster bewegte sich,

die Hecke im Wind.

12

Am Abend des Untergangs der Titanic wurden als erster von elf Gängen Austern serviert, sagte Loma. Sie zeigte auf die Muschelscherbe in der Vitrine. Wie es dieses Stück geschafft habe, vom untergehenden Schiff bis in die Hände von Frau Hösch und zu ihr ins Museum zu gelangen, das sei nicht mehr gänzlich rekonstruierbar. Eine wundersame Reise. Was darüber bekannt sei: Frau Hösch habe die Scherbe auf einer ihrer Reisen im Tausch gegen ein dickes Seil erworben und habe sie ins Dorf geschickt.

Austernschalenhaufen, sagte Loma zu Pina und Lobo, gehörten zu den ersten Spuren menschlichen Zusammenlebens. Uralte Müllhaufen, die darüber Auskunft geben, dass Menschen einst Austern aßen und welche Werkzeuge sie dafür verwendeten, weil unter den Austernschalenhaufen solche zu Tage kamen. Und das wirklich Interessante an diesen Haufen sei, dass je weiter oben die Muschelschalen auf dem Haufen liegen würden, desto kleiner seien die Muscheln. Die prähistorischen Menschen hätten die Muscheln zum Schrumpfen gebracht, sagte Loma, weil sie so viele davon aßen, dass die Muscheln keine Zeit mehr hatten zu wachsen. Stellt euch das einmal vor, Kinder.

Das größte je lebende Säugetier hieß Paraceratherium, sagte Loma, es war mit den Nashörnern verwandt, aber ohne

Horn, es ernährte sich ausschließlich von Pflanzen und hatte eine Länge von bis zu acht Metern, vermutlich hatte es einen schwerfälligen Gang aufgrund seiner zwanzig Tonnen Körpergewicht und aufgrund fehlender Fressfeinde, vom Aussehen erinnerte das Tier an eine Mischung aus Elch, Pferd und Giraffe. Ob sein Rufen mehr dem Rufen eines Elches, eines Pferdes oder einer Giraffe glich, sei nicht bekannt. Bekannt sei, dass das Paraceratherium nie einem Dinosaurier begegnete. Die Dinosaurier waren zu seinen Lebzeiten schon ausgestorben.

Ich würde gerne einem Dinosaurier begegnen, sagte Pina.

Loma nickte und sagte, dass auch sie gerne einem Dinosaurier begegnen würde, dass das mit Sicherheit sehr eindrücklich sein müsse, dass man sich dann wahrscheinlich gefährdet fühle als Mensch. Manchmal denke sie, wenn sie in die Landschaft schaue und die Berge und Täler betrachte, dass diese Berge und Täler doch eigentlich genau für große Dinosaurierschritte gemacht seien, dass es für diese großen Tiere ein Leichtes gewesen sein müsse, über diese Berge und Täler zu kommen.

Pina und Lobo beobachteten, wie ein Tourist sein Telefon in die Luft hielt, weit von sich streckte und nach Empfang suchte. Pina und Lobo beobachteten, wie auch der Sohn des Touristen sein Telefon in die Luft streckte, wie er fluchend hinter der Hecke verschwand und fluchend wieder zum Vorschein kam, wie er die Hände verwarf und seinem Vater sagte: Was für eine Scheiße. Und wie der Tourist sagte: Ist das meine Schuld? Und wie sie dann beide schwiegen, ihre Telefone in den Hosentaschen und die Arme vor der Brust.

DORA

Dort, schau, dort bläst er, sagt Mika. Und Dora sieht den Blas des Wals, sieht seinen Rücken im Gegenlicht, nur kurz die Fluke, dann taucht das Tier ab. Und eine Blase bleibt an der Meeresoberfläche zurück, die Abtauchstelle, dunkel, tief, das Tier dort verschwunden. Und Dora auf dem Boot fühlt sich selber wie die aufgewühlte Meeresoberfläche, auf der jetzt Wirbel zu sehen sind. Fragt sich, wie das zu fassen ist, in welcher Form?

Karten werden neu gezeichnet. Neue Linien gezogen. Ansprüche erhoben.

Der Lomonossow-Rücken liegt als tausendachthundert Kilometer langes Gebirge am Meeresgrund. Wie ein gigantischer Wal, der sich dort niederlegte oder niedersank.

Der Lomonossow-Rücken ist bis zu dreitausendsiebenhundert Meter hoch und zweihundert Kilometer breit. Er liegt dort ruhig, luftdicht und in absoluter Dunkelheit. Kälteunempfindliche Lebewesen bewohnen seine Nischen, Risse, Rillen. Ruderfußkrebse rudern und krebsen um ihn herum.

Über dem Rücken, näher an der Meeresoberfläche, schwimmen Dorsche in Schwärmen, und Klicklaute von Robben sind zu hören. Eisberge ziehen vorbei.

Vielleicht noch Terra incognita, sagen sie. Vielleicht, sagen sie, gibt es oben im Norden unter dem nun nicht mehr ewigen Eis noch Stellen, die kein Mensch je sah. Vielleicht ist in der Arktis noch mehr Arktis als Mensch.

Eis schmilzt, und unpassierbare Stellen werden schiffbar, Land geht unter, und Land taucht auf, Menschen verdrängen Menschen, Gebiete werden mit neuem Blick geprüft, und neue Gebietsansprüche erwachen wie die tiefgefrorenen Erdhörnchen im Frühjahr, mit noch halbsteifen Gliedern, aber einem gewaltigen Hunger.

Diejenigen mit Gebietsansprüchen sehen vor ihrem inneren Auge, wie die noch fast menschenleere Arktis sich mehr und mehr mit Menschen füllt. Sie sagen, die Menschen können nun sorgloser in den hohen Norden ziehen. Bald, sagen sie, ist dort ein Leben möglich, und Anbau und Schürfung und Herrschaft.

Und über allem hängt arktikós, sichtbar in der Nacht, unsichtbar am Tag.

Dora träumte von einem Grönlandhai, der sich in der Dunkelheit der Tiefsee große Kugeln einverleibte. Und als Dora nahe genug herangeschwommen war – sie hatte sich gefürchtet –, erkannte sie, dass es Himmelskörper waren, die in seinem Schlund verschwanden: Merkur, Venus, Erde, Mond.

Mika am Steuer, Dora neben Mika und neben ihnen das Eismeer.

Wie heißt diese Insel?, fragt Dora und zeigt mit ihrem Handschuhfinger auf das Stück Land. Mika schaut in die Richtung. Er nennt den grönländischen Inselnamen, und Dora fragt, ob er den Namen ins Englische übersetzen könne.

Mika überlegt, macht zwei, drei murmelnde Anläufe und schüttelt dann den Kopf. Er könne das nicht übersetzen.

Als sie schon fast an der Insel vorbei sind, sagt er: Maybe there are houses.

Dora schaut zurück. Dort, auf der Insel, ich sehe nichts, sagt sie.

Das sei die Übersetzung, so heiße die Insel: Maybe there are houses.

Dora stellt sich vor, wie die Fischer oder Jäger hier vorbeifuhren in ihren Booten, ihre Leinen nach Heilbutten auswarfen und nach Robben Ausschau hielten. Wie sie vielleicht hier in einen Sturm gerieten oder das Eis plötzlich zumachte und sie nicht weiterkamen und ausharren mussten in der Eiseskälte, wie sie dann vielleicht zu dieser Insel hinüberschauten und sich wünschten, dass dort Häuser stünden und in den Häusern Menschen lebten, die sie entdecken würden, die den Sturm mitbekommen hätten oder ihre Not, die ihre Rettung wären. Vielleicht wünschten sie sich die Häuser nicht, sondern waren in ihrer Verzweiflung schon so weit, dass sie die Häuser dort stehen sahen, ihre Umrisse im Gegenlicht schimmernd, eine Häusererscheinung, und wie sie voller Hoffnung riefen und winkten und das Einzige, das hätte zurückrufen können, wären Polarmöwen gewesen oder Kolkraben.

Auch über das Dorf, aus dem Dora kommt, könnte gesagt werden: Dort ist eine Hecke, dort ist ein Teich, maybe there are houses.

Heilbutte tragen ihr Maul und beide Augen auf der rechten Kopfseite. Sie verändern ihre Pigmente, um sich an ihre Umgebung anzupassen, um ungesehen zu sein am arktischen Grund. Über sich sehen sie die Langleinen, Dorschbäuche, die Unterseite von Booten.

Frankreich nennt sich eine *Polare Nation*. Großbritannien nennt sich *Near-Arctic neighbour*. China nennt sich *Near Arctic State*. Sie alle wollen etwas von diesem Erdteil.

Auch der Fotograf will etwas von diesem Erdteil.

Auch Dora und die Meeresforscherin wollen etwas von diesem Erdteil.

Ein Eissturmvogel müsste man sein, sagt Mika, fähig, Salzwasser zu trinken und bei drohender Gefahr ein nach Fisch stinkendes Magenöl bis zu zwei Meter weit zu speien, das Fell und Federn von Fressfeinden verklebt.

VON EINER INSEL

Auf einer Insel, die baumlos ist, mit steilen Klippen und von den Klippen eine Aussicht, die rundherum schön ist, lebten viele Vögel. Hauptsächlich waren da Papageientaucher und deren Nester und in den Nestern deren Junge. Und es gab nur wenige Menschen, und diese Menschen waren ausschließlich Kinder. Wie es dazu kam, das konnten auch die Kinder nicht sagen.

Über die Insel wurde gesagt, dass sie kaum zu erreichen sei.

Nur selten gelangten ein verirrter Fischer oder eine Schiffbrüchige dorthin und wurden von den Kindern mit einem Händedruck begrüßt oder einem mittelkräftigen Schlag auf die Schulter.

Die Kinder kannten die Tiere der Tiefsee beim Namen, sie kannten sich aus mit den Gezeiten. Sie wussten, wer von wem gefressen wurde und wer am tiefsten tauchen konnte.

Die Kinder selber tauchten nicht. Sie schwammen nicht. Sie fürchteten sich vor dem Meer. Obwohl sie darüber viel wussten und es tagein tagaus betrachteten.

Die Kinder rochen nach Meer, nach Salz und nach Federn, die an ihren Kleidern klebten. Die Federn stammten von den Vögeln, die sie fingen und aßen. Die Vögel waren ihre Hauptnahrungsquelle.

Wenn die verirrten Fischer oder die Schiffbrüchigen, wieder zu Hause angekommen, von ihrem Besuch auf der

Insel erzählten, berichteten sie, dass, wenn man die Kinder sehe, man zuerst an Federn denke, dann an Vögel und erst dann an Kinder.

Die Kinder konnten gut klettern. Ihre Finger ähnelten Vogelkrallen, mit denen sie sich in den feinen Felsritzen festhielten und hochziehen konnten, bis zu den Nistplätzen und Nesthöhlen ganz oben. Dort stahlen sie die Eier und griffen nach Vögeln, nach jungen und alten.

Die Kinder lebten auf der Insel in einem Dorf aus Steinen, durch das eine Straße führte, die sie *die Straße* nannten.

Sie sagten von sich selber, sie seien robust.

Auf der Insel lebten auch eine Feldmausart und eine Zaunkönigart. Beide Arten waren doppelt so groß wie die Arten auf dem Festland.

Eine gern gesehene Abwechslung auf der Speisekarte der Kinder waren die Ziegen, die auf der Insel lebten, sich vom spärlichen Gras ernährten. Die Bedingungen waren hart. Die Ziegen aber hielten stand.

Und noch hielten auch die Kinder stand.

Die Kinder sagten über sich, dass auch sie wie die Ziegen seien; zäh und gut darin, sich auf steilem Felsland im Gleichgewicht zu halten.

Nach einigen Jahren, als die Erzählungen der Fischer und Schiffbrüchigen sich häuften und die Kinder begannen, eine Attraktion für Touristinnen und Touristen zu werden, war die Insel immer noch ein baumloses Stück Land, leicht hügelig und von einer Aussicht, die rundherum schön war. Diese Aussicht wurde immer wieder von großen Kreuzfahrtschiffen verdeckt, die nun einmal am Tag anlegten.

Von da an verkauften die Kinder ausgeblasene und bemalte Vogeleier, stellten an den steilen Felsen Vogeljagden nach und dressierten die zähen Ziegen, brachten ihnen Kunststücke bei, lehrten sie, auf zwei Beinen zu gehen und sich im Kreis zu drehen. Die Touristinnen und Touristen warfen Geldmünzen und klatschten.

Irgendwann war es soweit: Die Zeitkapsel platzte. Die starken Stürme häuften sich, die Leben der Kinder waren bedroht, sie mussten die Insel verlassen.

Auf dem Festland wusste man zuerst nicht, was mit den Kindern anzustellen sei. Man konnte sie nicht zu Schulkindern machen, weil sie nicht stillsitzen konnten, und auch nicht zu Büroangestellten, aus demselben Grund.

Aber da die Holzindustrie zu dieser Zeit florierte, kam man schnell auf die Idee, dass die Kletterkinder da am besten einzusetzen seien. Die Kinder also, die in ihrem Leben noch nie zuvor Bäume gesehen hatten, kletterten jetzt auf ihnen herum wie früher auf den steilsten Klippen.

Die Kinder arbeiteten in Sägewerken und Forstbetrieben, von den Bäumen holten sie Honig wie früher Vogeleier und Vögel oder fällten sie.

Weil mit den Kindern auch ihre natürlichen Fressfeinde von der Insel verschwunden waren, wurden die zurückgebliebenen zähen Ziegen größer und größer. Sie konnten sich von nun an in ihrer Körpergröße in aller Ruhe ausdehnen.

Sie wären durchaus auch eine interessante Touristenattraktion gewesen. Einerseits wegen ihrer Größe, die einzigartig war. Und andererseits, weil sie die Kunststücke, die ihnen die Kinder einst beigebracht hatten, immer noch beherrschten. Sie gingen auf zwei Beinen, sie drehten sich im Kreis.

Wenn heute ein Schiff nah genug an der Insel vorbeifährt, dann kann die Schiffsbesatzung auf der Insel schwarze Punkte herumgehen sehen. Und manchmal, wenn der Wind aus einer geeigneten Richtung weht, dann ist ein Meckern zu hören.

13

Schädlingsbefall, sagte Frau Werk, so kurz vor dem Heckenfest. Wie aus dem Nichts seien sie aufgetaucht, die Fraßspuren. Dickmaulrüssler, mit Sicherheit. Die habe sie hier noch nie gesehen, in all den Jahren nicht.

Vielleicht absichtlich hier ausgesetzt, sagte Pinas Vater.

Das denke sie auch, sagte Frau Werk, mehr und mehr habe auch sie das Gefühl, das jemand gegen sie arbeite, dass jemand der Hecke Schaden wolle.

Wer sollte, sagte Loma. Und warum.

Vielleicht Neid, sagte Frau Werk.

Auf uns?

Warum nicht?

Alle waren sich einig darüber, dass das Heckenfest dennoch stattfinden sollte.

Wegen dieser paar Dickmaulrüssler, sagte Loma, die werden uns wohl nicht den Spaß verderben.

Auf keinen Fall, sagte Pinas Vater, wir dürfen die Schaufel jetzt nicht ins Korn werfen. Der Hecke zuliebe.

Und alle machten sich an die Vorbereitungen.

Frau Werk putzte die Hecke heraus, schmückte sie mit goldenem Lametta. Pina und Lobo mussten innerhalb der Hecke nach Abfall suchen, leere Plastikflaschen, Dosen, Deckel beseitigen, Papierfetzen, die sich irgendwo im Geäst verfangen hatten, entfernen. Loma putzte die Vitrinen,

Pinas Vater machte belegte Brote, Emmerich reparierte das Treppengeländer zum Museumseingang. Und dann war es soweit.

Der Bus fuhr an. Die Touristinnen und Touristen samt Busfahrerin stiegen aus und versammelten sich bei der Hecke. Unter neugierigen Touristenblicken und den Blitzlichtern der Kameras kletterte Frau Werk die Leiter hoch bis an den oberen Rand der Hecke und zog dabei ein Maßband mit, das Lobo und Pina unten festhielten.

Frau Werk hatte den oberen Rand erreicht. Sie schaute auf das Maßband und verkündete mit lauter Stimme die Höhe der Hecke. Touristenhände klatschten, und auch die Busfahrerin, Emmerich, Loma, Pinas Vater, Pina und Lobo klatschten. Und dann spielte Emmerich auf dem Keyboard, alle Versammelten stießen an, Pilaster drehte sich im Kreis, die Touristinnen und Touristen fotografierten weiter, die Dickmaulrüssler knabberten und Lobo und Pina aßen belegte Brötchen, so lange, bis keine mehr da waren. Und irgendwann spielte Emmerich das letzte Lied, und die Touristinnen und Touristen reisten ab. Und dann war es wieder still im Dorf. Die Dämmerung brach ein, und vor Pinas Augen verwandelte sich die Hecke in das nagende Tier, das nun selber von unzähligen kleinen Dickmaulrüsslermäulern angenagt wurde und dessen exakte Höhe sie nun kannte.

DORA

Drohnen überfliegen das eisige Gelände, suchen dorfnahe Gebietsstreifen nach Eisbären ab. Mittels Wärmebildkameras erkennen sie rote und orange Flecken auf den Überwachungsmonitoren, die sich in Bärentempo fortbewegen. Der Größe nach, den Bewegungen nach ein Bär, wissen die Dorfbewohnerinnen und Dorfbewohner und fahren mit Gewehren los.

Sie treibt die Angst vor dem Hunger der Bären. Die Bären treibt der Hunger.

Die Bären kehren ihren einstigen Jagdgebieten den gut bepelzten Rücken und wenden sich Müllhalden zu, den Spuren menschlicher Zivilisation. Graben dort nach Futterhappen. Und die Drohnen surren, blinken aus kälteresistenter Ummantelung, mit einem beachtlichen Akku ausgestattet.

Dennoch berichten immer wieder gut eingepackte Ornithologinnen und Ornithologen von Drohnenabstürzen, geben die nächstmöglichen Koordinaten durch.

Mika zeigt auf einen Berg. Dort, in dieser Richtung auf einem Hochplateau liege eine stillgelegte Mine, die wieder in Betrieb gehen solle, Seltene Erden, sagt Mika, Investoren würden gesucht, und Gespräche seien im Gange mit den USA, mit China.

Dora stellt sich die Investoren vor, die auf dem Weg zum Hochplateau Steine in ihre Daunenjackeninnentaschen steckten, Fragen stellten über die Zusammensetzung, die Beschaffenheit, die Zugänglichkeit über Land und über Wasser und die dann mit deutlich schwererem Gepäck nach Hause reisen und im Flugzeug bereits den einen oder anderen Stein unter die Lupe nehmen würden.

Die Bewohnerinnen und Bewohner des Dorfes unterhalb des Hochplateaus seien sich uneinig, sagt Mika. Die einen befürchteten, dass die Mine das Ende sei, die anderen hofften, dass die Mine der Anfang sei.

Dora schaut einem Eisberg nach, der sich davon macht, der immer kleiner wird. Ab wann ist man unerreichbar?, fragt sich Dora. Und dann hört sie die Meeresforscherin nach ihr rufen.

Absolut windstill, sagt Dora.

Wie ein Ententeich, sagt der Fotograf, zieht die Mütze vom Kopf, streift die Handschuhe ab und greift nach seiner Ausrüstung, prüft die Einstellungen der Kamera und fotografiert eben diesen Ententeich.

Dora denkt an den Teich im Dorf, an den Steg, an das Springen vom Steg.

Weit und breit keine Ente.

Im arktischen Eis, im Svalbard Global Seed Vault auf Spitzbergen lagern über eine Million Samensorten, zum Erhalt und zum Schutz dieser Sorten.

Noch halten die Wände des Tresors. Aber durch das Schmelzen des Permafrostes sind beim Zugangsstollen bereits Schäden aufgetreten. Das Samenarchiv zu erhalten, wird ein Wettlauf gegen die Zeit.

Andernorts im arktischen Eis, im ehemaligen US-Militärstützpunkt Camp Century auf Grönland, lagert Atommüll, der bei der Schließung des Camps zurückgelassen wurde. Nun schmilzt das Eis, und wenn das Eis weiter schmilzt, dann wird dieser Atommüll freigelegt. Wird bei Weitem mehr zerstören als eine Million Samensorten.

Sie seien auf der Insel ausgesetzt worden, um den Permafrost zu retten, sagt Mika und zeigt auf eine Gruppe Moschusochsen. Sie sollten mit ihrem Gewicht den Schnee kompakt halten, sollten mit ihren Hufen die darunterliegende Eisschicht festdrücken, die dann weniger schnell schmelzen sollte. Aber der Schnee schmilzt dennoch, die Eisschicht auch, und auch der Permafrost geht zurück. Die Moschusochsen aber bleiben.

Sie äsen auf schneefreien Weiden, nagen an Büschen. Dora schaut die Moschusochsen an, und sie schauen in ihre Richtung. Und Dora fragt sich, was sie tun werden, sobald das Boot hinter der nächsten Landzunge und Dora aus ihrem Blickfeld verschwunden sein wird.

Vielleicht gehen sie auf zwei Beinen, vielleicht drehen sie sich im Kreis.

14

Das Paket kam mit dem Bus. Die Busfahrerin und Pinas Vater hievten es von der Ladefläche des Busses. Pinas Vater riss die Kartonverpackung auf, entfernte das Plastik, und ein Getränkeautomat kam zum Vorschein. Die Busfahrerin und Pinas Vater positionierten den Automaten zwischen Busparkplatz und Hecke, so, dass alle Touristinnen und Touristen nicht umhinkamen, ihn zu sehen, an ihm vorbeizugehen, noch besser, vor ihm stehen zu bleiben. Pinas Vater strich über die metallenen Kanten, klopfte auf die Seitenfläche.

Obwohl der Getränkeautomat größer war als ein Meter fünfzig, war er ein Hoffnungsträger des Dorfes. Pinas Vater füllte den Automaten mit Süßgetränken und Nusstüten und legte ein erstaunlich langes Kabel an der Hecke vorbei über die Dorfstraße bis zur Pension, steckte es ein. Der Automat leuchtete. Die Busfahrerin ließ Münzen in den Schlitz gleiten, der Automat surrte und spuckte zwei Dosen aus. Sie öffnete sie zischend, und die Busfahrerin und Pinas Vater stießen an.

Auf die Hecke, sagte die Busfahrerin.

Auf den Stand der Dorfkasse, sagte Pinas Vater.

Der Automat surrte weiter.

Pina und Lobo legten sich auf die Lauer. Zwar fürchtete sich Pina vor dem Nagen der Hecke. Aber Lobo war bei ihr, und weil Lobo sich noch mehr fürchtete, wurde Pinas Furcht kleiner.

Sie hatten sich in die Hecke hineingezwängt, lagen zwischen ihren Ästen und warteten.

Hörst du was?, fragte Pina.

Ich glaube die Dickmaulrüssler.

Sonst nichts?

Wenn du immer raschelst.

Ich liege ganz still, sagte Pina.

Und dann hörte sie es auch, das Rascheln, das näher kam, langsam.

Pina erstarrte.

Hörst du das?

Sie machten sich noch kleiner, als sie ohnehin schon waren, und spähten durch die Äste.

Sie sahen einen Schatten, einen Körper, plötzlich dicht vor ihnen.

Sie sahen einen Arm, eine Hand.

Und dann erkannten sie Frau Werk. Und auch ein großes Glas in ihrer Hand, und sie hörten sie schnaufen und mit den Dickmaulrüsslern schimpfen.

Sie hielten den Atem an.

Und Frau Werks Hand berührte fast die Hand von Pina. Aber nur fast, dann wurde Frau Werks Stimme leiser. Sie entfernte sich, und ihr Schimpfen verstummte dann ganz, weil sie vermutlich das andere Ende der Hecke erreicht und ihre nächtliche Tour beendet hatte.

Seit die Dickmaulrüssler in der Hecke lebten, hatte sich das Leben von Frau Werk verändert.

Sie war nun vermehrt nachts unterwegs. Ließ sich beim Automaten ein Süßgetränk heraus, nahm einen großen

Schluck und trat dann zur Hecke. Sie sammelte die nachtaktiven Dickmaulrüssler ein, mit bloßen Händen.

Tagsüber sah man sie nur noch selten.

Ob das auf Dauer gut geht?, fragte Loma.

Sie müsse Prioritäten setzen, sagte Frau Werk, und dass der Schaden in Schach gehalten werden müssen, wenn nicht von ihr, von wem denn sonst.

BERICHTE AUS DEM UMLAND

Ein Igel in Richtung Hecke.

15

Frau Werk wünschte sich Zukunft. Für sich und für ihre Gärtnerei. Vielleicht wünschte sie sich Zukunft ein bisschen mehr für ihre Gärtnerei als für sich selber. Aber da sie und die Gärtnerei so miteinander verwachsen waren wie das Dorf und die Hecke, war die Zukunft der Gärtnerei auch ihre Zukunft.

Frau Werk wünschte sich, dass Pina oder Lobo einmal die Dorfgärtnerei Werk übernehmen würde. Sie versuchte, ihnen die Arbeit schmackhaft zu machen, nahm sie mit ins Naturschutzgebiet, erzählte ihnen Abenteuerliches über Pflanzen, erzählte von deren Nutzen, deren Wirkstoffen und Einflüssen auf die Umwelt, zeigte ihnen die eindrücklichsten Blätter und schönsten Blüten. Sie versuchte, die Dorfgärtnerei Werk in ein bestes Licht zu rücken, versuchte, die beiden davon zu überzeugen, dass es ein schöner und wichtiger Beruf sei, den sie ausübe, ein Beruf mit Gestaltungspotenzial und ästhetischem Anspruch. Ein einigermaßen sicherer Beruf, denn Pflanzen habe es hier zuhauf, und wenn man verhindern wolle, dass das Naturschutzgebiet, die Dorfstraße, das ganze Dorf verbusche, verwalde, dann brauche es sie weiterhin, die Dorfgärtnerei Werk.

Frau Werk träumte davon, irgendwann dem Schriftzug über ihrem Geschäft und auf ihren Visitenkarten den Zusatz *und Kinder* beizufügen. Sie könne ja schlecht *und Töchter und Söhne* schreiben. Aber *Kinder*, das würde gehen.

Wobei Pina und Lobo auch nicht immer Kinder bleiben würden, hingegen blieben Töchter und Söhne ihr Leben lang Töchter und Söhne. Das sei der Unterschied zwischen *Töchter und Söhne* und *Kinder*, dachte Frau Werk und zupfte weiter Baumtropf um Baumtropf aus den Kieselzwischenräumen im Kreisel.

Frau Werk träumte von einem großen Fest zum 25-jährigen Jubiläum der Dorfgärtnerei Werk. Sie wünschte sich, dass dann ein Fest stattfinden würde wie das jährliche Heckenfest, nur mit mehr Besucherinnen und Besuchern, nur schöner. Die Hecke wäre noch prächtiger geschmückt als für gewöhnlich zum Heckenfest, mit farbigen Bändern, Lichterketten und goldenem und rotem Lametta. Die Gäste würden nach und nach eintreffen. Frau Werk würde alle persönlich begrüßen und die Glückwünsche entgegennehmen. Sie selber wäre auch geschmückt, in ihrer Frisur würden frisch gepflückte kleine Rosenblüten stecken, und sie würde ihre Blumenstiefel tragen und ein Foulard aus Seide. Frau Werk würde irgendwann, wenn das Fest zwar schon in vollem Gang, aber noch nicht rauschend wäre, auf die dritte Sprosse der Leiter vor der Hecke steigen und an ihr Glas schlagen, dreimal, die Gäste würden verstummen und sich zu ihr und der Hecke umdrehen, und Frau Werk würde eine Rede halten, eine ergreifende, eine, die von Mut erzählt und Standfestigkeit, von Unkraut, wunden Fingern, von Erblühen und Wachstum. Frau Werk würde in den Gesichtern der Gäste sehen, dass die Gäste ergriffen wären, und dann würde sie das Glas erheben, und auch alle anderen würden ihre Gläser erheben und anstoßen auf Frau Werk und die Dorfgärtnerei Werk. Emmerich würde das erste Lied auf dem Keyboard spielen, Pilaster würde sich im Kreis drehen, die Gäste würden zum Büfett gehen und belegte Brötchen essen, so lange, bis keine mehr da wären, und dann würden alle tanzen, so lange, bis nur noch Emmerich und Frau Werk da wären. Und dann würde Emmerich für sie das letzte Lied spielen, und das Lametta würde funkeln.

DORA

Dora fragt sich, ob sie wie der Heilbutt auch über Strategien verfügt, sich der Umwelt anzupassen. Der Heilbutt passt seine Musterung an, verschwindet vor dem Hintergrund, wird selber Hintergrund.

Dora ist weit weg von Tarnung. Im Gegenteil. Ihre Kleidung leuchtet. Da ist Neonorange und Neongelb. Dora sticht aus der Arktis hervor wie eine Leuchtboje.

Das Neongelb und das Neonorange sorgen für ihre Sicherheit durch Sichtbarkeit, und Dora denkt an die Hecke im Dorf und fühlt sich ein bisschen wie sie: herausragend, sichtbar von Weitem.

Ihre Sammlung an Sedimentkernen wächst von Tag zu Tag. Von Tag zu Tag wächst auch die Zuversicht der Meeresforscherin, in der geplanten Zeit die geplanten Koordinaten abzufahren.

Von Tag zu Tag wächst der Frust des Fotografen.

Er komme nicht an gegen die Schönheit und Imposanz, gegen die außergewöhnliche Bedeutsamkeit der Eisberge.

Er steht an der Reling, zoomt heran. Er hat nicht ewig Zeit, sein Akku hält jeweils nur für wenige Stunden, entlädt sich schnell in dieser Eiseskälte. Der Fotograf sucht, hebt die Kamera, senkt die Kamera, fokussiert. Und lässt das Bild wieder los, setzt von Neuem an.

Es sei alles zu weiß, zu sehr Oberfläche und zu sehr behaftet mit all den anderen Tausenden von Bildern, die er zwar nicht von genau diesem, aber einem sehr, sehr ähnlichen Eisberg schon gesehen habe. Wenn man hier vor ihm stehe und den Eisberg mit seinen eigenen Augen sehe, dann sei er einzigartig. Und schaue man durch die Linse, sei er verbraucht, beliebig, abrufbar aus dem eigenen Bildarchiv im Kopf.

Seine Kamera piepst, ein Lämpchen blinkt rot, und der Fotograf flucht. Der Akku leer, das passe alles zusammen, heute sei ein leerer Tag.

Was nicht sichtbar ist:
    Die Heilbutte am Grund
    Die Unterseite der Eisberge
    Das Innere von Bohrkernen vor dem Schnitt

Hasen sind hier größer als Füchse. Wenn die Schwänze nicht mitgezählt werden. Der Polarfuchs kann bis zu 60 Zentimeter, der Polarhase bis zu 70 Zentimeter groß werden.

Überhaupt sind die Verhältnisse hier in einer Art und Weise verschoben, die Dora zwingen, genau hinzuschauen. Auf einem Stein hat sie eine Fliege gesehen, die erstaunlich groß war, so groß wie eine Hummel, die mit ihrem schweren Körper schwerfällig flog, die schwankte wie ein überladenes Kleinflugzeug.

VON EINER ANDEREN INSEL

Wenige Jahre nach ihrer Entdeckung stellte sich heraus, dass die nördlichste Insel der Welt keine Insel ist, sondern ein Eisberg.

Sie berührt zwar den Meeresboden, aber die Sedimentschicht aus Kies und Schlamm reicht nicht bis zum Grund. Es stellte sich heraus, dass die Sedimentschicht lediglich die oberste Schicht eines auf Grund gelaufenen Eisberges bildet.

Kaum gefunden, entwischt sie also wieder, verschwindet von den Karten. Und in absehbarer Zeit wird sie schmelzen. Wird vielleicht eine Sedimentspur auf dem Meeresboden zurücklassen. Sonst nichts.

16

Pina und ihr Vater standen vor dem geöffneten Automaten. Pina reichte ihm Dosen aus einer Kiste. Er füllte die leeren Reihen auf und schloss die Automatentür. Und dann sahen Pina und ihr Vater ihre Gesichter in der Spiegelung der Tür. Und Pinas Vater erkannte ein bisschen von sich selber in Pinas Gesicht, und ein bisschen erkannte er von Dora dort. Nicht viel. Aber eine Ahnung ihrer Wangen, ihrer Stirn.

Pinas Vater war wegen Dora ins Dorf gekommen. Wegen ihres Enthusiasmus und wegen ihrer Fähigkeit, jeden Ort für ihn zu einem guten Ort zu machen. Und das wusste Pinas Vater, dass Dora ihn ins Dorf geholt hatte wegen seiner Wärme. Jetzt aber war sie in der Kälte. Und Karsten fragte sich, wie lange er seine Wärme würde aufbewahren können und ob nicht ein Tag kommen könnte, plötzlich, an dem sie aufgebraucht sein würde. Ob also auch seine Wärme schrumpfe, nicht nur das Dorf.

Vielleicht traf die Beobachtung von Pinas Vater zu, dass Pina und Lobo häufiger im Umland unterwegs waren. Aber wer konnte es ihnen verübeln, dass sie zumindest den begrenzten Radius so gut es ging ausdehnten.
Vielleicht traf Lomas Beobachtung zu, dass Lobo am Tag

müde aussah. Und vielleicht waren die Augenringe der Kinder der Grund, warum nun auch Loma ihnen riet: Esst Nüsse, Kinder, schlaft viel.

17

Pina und Lobo saßen bei Loma im Wohnzimmer und spielten Karten. Wind schlug die Fensterläden hin und her, bis Loma sie befestigte.

Wie der Ausbruch der Höllenhunde aus der Hölle, sagte Loma, worauf Pilaster knurrte und ein Ast vor dem Fenster vorbeiflog.

Den Vogel im Sturm konnte Pina zwar nicht sehen, aber mit Sicherheit war er schwer beschäftigt und drehte wie wild.

Trotz stürmischen Windes schlief Loma auf dem Sofa ein, und Pina und Lobo beschlossen, das Spiel abzubrechen, weil es ohnehin nicht aufging. Sie liefen hinter die Hecke. Dort blies der Wind am stärksten. Sie standen mit den Gesichtern im Wind. Pina wippte von den Fersen auf die Zehen auf die Fersen, und Lobo hörte das Quietschen ihrer Schuhsolen, er hörte den Wind im Gras und in der Hecke hinter sich. Und während Lobo lauschte, schaute Pina ins Umland.

All das Grün, nichts zu sehen außer Grün, kein Mensch, sagte Pina.

Wer sollte auch kommen bei diesem Sturm, sagte Lobo.

Jemand, der Sturm mag. Jemand, der nicht wusste, dass es hier so stürmen würde.

Pina drehte sich um und betrachtete die Hecke in Lobos Rücken, die so groß war, dass Pina sie gar nicht ganz sehen konnte.

Pina kniff die Augen zu.

Und noch bevor sie sie wieder öffnete, hörte Lobo bereits das Knistern.

Und als Pina die Augen öffnete, schrie Lobo: Sie brennt.

Die Hecke brüllte. Ein Teil der Hecke stand lichterloh.

Pina und Lobo hielten sich die Ohren zu. Loma hielt die Kinder. Während Pinas Vater mit Eimern zum Teich rannte, Frau Werk den Gartenschlauch holte und Emmerich versuchte, die Feuerwehr zu erreichen.

Pilaster bellte.

Und der Wind schleuderte Glutstücke. Und das Wasser zischte. Und die Hecke brüllte weiter. Und auch Frau Werk brüllte.

Das Feuer verschlang nicht nur einen beachtlichen Teil der Hecke, auch am Herzen von Frau Werk, dachte Pina, würden verkohlte Stellen bleiben, Feuerfraß.

Das Dorf stand erschöpft vor der Hecke und betrachtete den Heckenschaden. Eine große verkohlte Stelle klaffte am nördlichen Heckenende, kahl, das Geäst ein schwarzes Gerippe.

Was für ein Anblick, sagte Pinas Vater.

So etwas hat die Hecke noch nie erlebt, sagte Frau Werk, und Pina war sich nicht sicher, ob sie ihr glauben sollte, denn sicherlich war die Hecke viel älter als Frau Werk, und was die Hecke in diesem langen Leben alles schon erlebt hatte, das konnte Frau Werk nicht wissen.

Wird das wieder?, fragte Pinas Vater.

Das braucht Zeit, sagte Frau Werk und zitterte.

Sie sorgte sich um den guten Ruf der Hecke, während Loma laut überlegte, ob das Feuer die Anzahl der Touristenbusse und den Stand der Dorfkasse nicht auch positiv beeinflussen könnte, dass es vielleicht sogar ein Glücksfall für den Heckentourismus und für die Dorfkasse werden könnte. Das hat was, sagte Loma.

Das wirft uns Jahre zurück, sagte Frau Werk.

Nicht jede Hecke hat schon einmal Feuer gefangen, sagte Loma.

Es sei nun doch auffällig, sagte Emmerich, erst der Schnitt, dann das Feuer.

Und wie das Feuer, so schnell, breitete sich ein Schweigen aus.

Auch er denke, dass Brandstiftung nicht ausgeschlossen werden könne, sagte Pinas Vater in das Schweigen und die Stille wurde dichter.

Ja, aber wer sollte?, fragte Loma. Und schaute alle der Reihe nach an.

Alle schauten zurück.

Er wolle ja niemanden verdächtigen, sagte Emmerich, aber als er zur brennenden Hecke gekommen sei, seien die Kinder schon da gewesen.

Die Kinder waren bei mir, sagte Loma.

Er sage, was er gesehen habe, sagte Emmerich.

Und Pinas Vater sagte, dass man jetzt einen kühlen Kopf bewahren solle, dass ja alles noch einmal gut gegangen, das Feuer gelöscht, das Dorf verschont geblieben sei und dass man jetzt nach Hause gehen solle, es sei schon spät.

Pina und ihr Vater gingen durch die Nacht nach Hause und rochen den Rauch, und sie selber rochen nach Rauch. Und auch Frau Werk legte sich hin, machte aber kein Auge zu, horchte in die Dunkelheit. Und Emmerich knipste das

Licht an und holte Papier und Stifte, und Loma und Lobo versuchten, das Kartenspiel zu Ende zu bringen, das noch angefangen auf dem Wohnzimmertisch lag, bevor auch sie sich hinlegten und unruhig schliefen.

BERICHTE AUS DEM UMLAND

Frau Werk berichtete, dass nicht nur das Dorf Schaden genommen habe. Der Sturm habe auch das Umland getroffen, habe auch dem Umland Schaden zugefügt. Er habe ganze Schneisen in Wälder gerissen. Es lägen große abgebrochene Äste über und links und rechts der Straße, auch Ziegel und Gartenmöbel habe sie auf den Feldern liegen sehen. Und das Naturschutzgebiet sehe mitgenommen aus.

Es gehe dem Umland wie uns, sagte Frau Werk, nur ohne Feuer, und das Dorf war beruhigt. Beruhigt darüber, dass der Sturm es nicht nur auf das Dorf und die Hecke abgesehen hatte.

DORA

Sich die Arktis vorgestellt hat sie schon oft. Sie war schon viele Male in Gedanken dort. Hat aus der Vogelperspektive herabgeschaut, ist über Rauchteppiche geflogen, Feuerherde, Brandflächen so groß wie scheinbar endlos. Hat ihren Augen nicht getraut. Hat sich zuvor nicht vorstellen können, dass der kälteste Teil der Erde Feuer fängt.

Das Feuer frisst sich durch Torfböden, frisst sich in alle Richtungen, auch in die Tiefe, wandert unterirdisch, der Torfschicht entlang, glimmt inwendig und schwelt. Die Erde glüht, bricht auf, entflammt. Und der Wind wirft sich in die Flammen, treibt an, treibt alles voran. Nimmt selber keinen Schaden, wird nur stärker, wird wilder.

Und das Feuer frisst sich weiter durch Torf, über Büsche, Sträucher, Bäume, Wiesenland, über Häuser, Autos, Teerstraßen hindurch, hinweg bis an die Ränder von Flüssen, Seen und Meeren.

Sie hat sich in ihrer Vorstellung um ihre Federn gesorgt, hatte Angst vor der Hitze und vor dem Verbrennen. Hat versucht, möglichst nahe an der Sonne und möglichst weit weg von der brennenden Erde zu sein, einem verkehrten Ikarus gleich. Hat immerzu an ihre Federn gedacht und an die Distanz zwischen glühendem Boden und ihrem Körper.

Sie hat versucht, an Samenkapseln zu denken, die nur bei größter Hitze platzen und sich vermehren, hat versucht, sich die Zerstörung schönzureden, wie das Dorf den Kindern ihre Zukunft.

Während um Dora Eis ist, brennt im Dorf die Hecke.

Direkt unter dem Polarkreis liegt die Insel Eldey. Darauf befindet sich eine Basstölpelkolonie. Eine Kamera wurde auf der Insel installiert, und Dora schaut sich auf dem Laptop die Liveübertragung der Kamera an, sieht, wie die Basstölpel auf ihren Brutplätzen sitzen, wie sie ihr Gefieder putzen, die Flügel strecken, mit den Köpfen wackeln, wie die Brutpaare sich gegenseitig mit den Schnäbeln das Gefieder säubern, einen benachbarten Basstölpel picken, davonfliegen, anfliegen, davonfliegen. Dora geht in der Zeit zurück, schaut sich vergangene Aufnahmen an, sieht, wie der erste Schnee auf der Insel zu liegen kommt, beobachtet das Eintreffen der Basstölpel vergangener Jahre, das Größerwerden der Brut, erkennt den Wechsel der Windrichtung anhand der Ausrichtung der Sitzposition der Vögel, sieht die Gischt und versucht, darin den Umriss eines Bootes zu erkennen oder den Rücken eines Wals.

Wenn bereits am 3. Juni 1844 eine Webcam auf der Insel installiert gewesen wäre, wären darauf vielleicht das Anlegen eines Bootes zu sehen gewesen und drei Männer, die sich an den Klippen der Insel zu schaffen machten. Das Bild wäre vielleicht verschwommen gewesen, weil Meeresgischt die Linse beschlagen hätte, vielleicht aber wäre auf dem Bild, nicht gestochen scharf, aber dennoch gut erkennbar gewesen, wie zwei große Vögel, Pinguinen sehr ähnlich sehende Riesenalke hastig über die Insel liefen, wie drei Männer ihnen hinterhereilten, wie einer der Männer einen der Vögel erwischte und erwürgte und wie der zweite der

Männer den zweiten Vogel jagte, der einen Hang hochlief, ihn zu fassen versuchte, wie der Vogel entkam, aber nicht für lange, wie der zweite Mann ihn einholte und den Vogel ebenfalls erwürgte. Auf den Aufnahmen wäre vielleicht nicht zu sehen gewesen, wie der dritte Mann ein Ei vom Boden aufhob, wie ihm in der Aufregung das Ei aus der Hand rutschte und wie es vor seinen Füßen zerbrach. Auch wäre der Aufprall des Eis auf den Boden nicht zu hören gewesen, zu laut wäre das Geschrei der Männer, zu laut das Rauschen der Brandung gewesen.

Zurück auf dem Festland wurden die beiden toten Riesenalke von einem Apotheker konserviert und einem dänischen Sammler übergeben. Der Sammler zahlte den drei Männern viel Geld, und auch der Apotheker erhielt seinen Teil.

Ein lebender Riesenalk wurde danach nicht mehr gesehen. Vereinzelt gab es noch Berichte von Sichtungen, aber keine ohne Zweifel.

18

Seit die Hecke gebrannt hatte, kamen die Busse seltener.

Was habe ich gesagt, sagte Frau Werk. Das ist das Ende, sagte sie, und dass das Dorf jetzt einpacken könne.

Während Pina sich überlegte, was sie alles einpacken würde und sich darauf freute, mit dem ganzen Dorf das Dorf zu verlassen, schlug Frau Werk ihre Hacke energisch in den Boden und rupfte Unkrautstauden heraus.

Vermutlich wären sie auch ohne Brand nicht mehr zahlreich gekommen, sagte Pinas Vater, und Frau Werks Augen funkelten wie die Sonne auf dem Teich.

Sie sagte nichts, und auch Pinas Vater schwieg jetzt und schaute auf das Grün auf der Dorfstraße, auf die Sträucher, die Büsche, die Äste, das Moos.

Das Dorf gerät aus den Fugen, sagte Loma. Und diese Aussage bestätigte aufs Neue, wie klein das Dorf war. So klein, dass es in einer Fuge Platz fand, aus der es nun drohte herauszugeraten.

Pina stellte sich vor, dass die Vogelfrau eine Investorin sein könnte, die zurückkommen würde, um das ganze Dorf zu kaufen. Sie stellte sich vor, dass sie eine hohe Geldsumme in die Dorfkasse legen würde und dass sich das Dorf damit aufmachte. Pina und ihr Vater zu Dora, zusammen mit Lobo und Loma. Frau Werk zu einer international bedeutenden Gartenschau und Emmerich in eine Stadt ohne Leerstand, mit Bauten von Nutzen.

Sie stellte sich vor, wie das ganze Dorf an der Dorfstraße stünde, samt Pilaster. Und wie die Vogelfrau dieses Mal nicht mit dem Fahrrad, sondern tatsächlich angeflogen käme. Wie sie mit dem Helikopter vor der beschädigten Hecke landen würde. Wie sie aus dem Cockpit steigen und wie sie allen die Hand schütteln würde, ihr Ganzkörperanzug glitzernd.

Schön, würde die Vogelfrau sagen und sich im Dorf umschauen, das sie mit einem Bick erfassen könnte.

Sehr schön, würde Loma sagen und ihr, weil sie die Dorfälteste war, als Begrüßungsgeschenk den Museumskatalog samt Museumsschlüssel überreichen.

Die Vogelfrau würde sich bedanken und Pinas Vater in die Pension folgen. Im Frühstücksraum würde der Vertrag unterzeichnet werden. Die Stimmung wäre feierlich. Vielleicht würde Emmerich das Keyboard auspacken, oder aber Frau Werk würde in ihrer Gartensitzgruppe, die bald die Gartensitzgruppe der Vogelfrau werden würde, zu einem Umtrunk einladen. Die Anwesenden würden die Gläser erheben und anstoßen auf die Zukunft des Dorfes, die nichts mehr mit den Kindern zu tun hätte.

Pinas Vater beobachtete einen Lamettastreifen, der in der Hecke hing. Ein Überbleibsel vom Heckenfest, von der Hitze des Feuers verschont. Und er fühlte sich ein bisschen wie dieser Lamettastreifen. Übrig geblieben und hängen gelassen. In etwa so, nur viel weniger glitzernd.

Pinas Vater ging durch alle Zimmer der Pension, Pina hinterher. Bei jedem Rauchmelder kontrollierte er das rot blinkende Licht. Nur in einem einzigen Zimmer war kein Licht zu sehen. Er nahm einen Stuhl, stieg hoch, drehte am Rauchmelder und schaute hinein.

Kaputt, sagte er und stieg vom Stuhl. Bis der repariert ist, werden wir dieses Zimmer nicht mehr vermieten.

Dann sind wir auf der sicheren Seite, sagte Pina und dachte an die ohnehin fehlenden Gäste.

Pina wünschte sich einen Ganzkörperfederanzug, die Fähigkeit, ein Boot zu steuern und ganze Dörfer zu verschiffen, ein Fernrohr, Schübe.

Vielleicht hatte Frau Werk eine Touristin beleidigt.

Vielleicht hatte ein Messgerät eines Spezialisten einen Kurzschluss, warf Funken.

Vielleicht spielte die Busfahrerin mit Feuer.

Vielleicht hatte Frau Hösch noch eine Rechnung mit dem Dorf offen.

Vielleicht schoss sie mit einem Katapult ein Seil nach oben, kletterte hoch, entzündete dort die Hecke.

Ein Spezialist legte ein Maßband um Pinas Handgelenk. Und auch um Lobos Handgelenk lag bereits ein Maßband. Pina und Lobo schwiegen, dann fauchten sie. So, wie sie das Feuer in der Hecke hatten fauchen hören.

Und der Spezialist ließ ab, rollte das Maßband ein und verließ den Frühstücksraum.

Er habe es bis oben hin satt, sagte Lobo.

Und starrte auf das Längenmessgerät: ein Meter fünfunddreißig.

DORA

Ob es ihr gut gehe?, fragt Karsten, und bevor Dora antworten kann, sagt er, dass es im Dorf nicht gut gehe. Dass die Spezialisten nichts herausfinden würden, ganz und gar nichts, dass alle Messungen ins Leere liefen, ob sie das gehört habe, ob sie ihn hören könne?

Dora wünscht sich ein Rauschen in der Leitung, einen ohrenbetäubenden Gletscherabbruch, sie wünscht sich einen Hai herbei, der das Unterwasserkabel zerbeißt. Sie wünscht sich eine warme Wange an ihrer. Und sie denkt an die kleinen Finger von Pina, als diese noch viel jünger war, die sich um Doras Finger schlossen, Finger um Finger.

In dem Dorf, aus dem sie komme, gebe es ein Museum, sagt Dora, überschaubar, gut geordnet, inhaltlich beliebig, aber liebevoll gehalten. In diesem Museum gebe es eine ausgestopfte Spitzmaus, ihr Lieblingsobjekt bei Weitem. Seit sie die Spitzmaus dort zum ersten Mal gesehen hat, mag sie Spitzmäuse, und sie mag Präparate, mag den Versuch, etwas in seiner ursprünglichen Gestalt für die Nachwelt zu erhalten, und sei es auch nur eine Spitzmaus. Sie versteht den Wunsch, Zeit zu bannen, auch wenn die ausgestopfte Spitzmaus ein Abbild ihres eigenen Todes ist, wirkt sie doch lebendig, aufgrund des Lichts, das sich in den Glasaugen spiegelt, aufgrund der Bewegung, in der das Tier festgehalten ist, den Kopf leicht nach links gedreht, als habe sie dort soeben etwas erspäht, gerochen oder gehört, den Schwanz leicht angehoben, als sei sie auf dem Sprung.

Du hast losgelassen, ruft der Fotograf. Mika verwirft die Hände. Und auch Dora verwirft die Hände und sagt, dass es verdammt schwierig sei und dass sie das auch selber machen könnten. Und sie versucht, erneut mit dem Seil den Stein zu umfassen, um das Boot an Land zu ziehen.
Dora springt vom Boot. Steht auf Stein.

Sie steht auf *Maybe there are houses*. Dora schaut sich um.
Ja, vielleicht, denkt sie, vielleicht dort hinten, hinter der Erhöhung, dort, wo ihr Blick nicht hinreicht.

Auf *Maybe there are houses* begegnen sie einer Gruppe Biologinnen. Auf der Suche nach einer Eisbärenart seien sie. Eine Untergruppe, die nicht mehr auf das Meereis angewiesen sei, die sich aufgrund des veränderten Klimas so sehr umorientieren musste, dass die Eisbären dieser Population nun auf den Gletschern lebten und vom Gletschereis aus jagten. Die Eisbärenart lebe komplett isoliert in einem zerklüfteten Gletschergebiet, in dem Schneestürme an der Tagesordnung seien. Sie seien auf dem Weg zu ihnen. Wünscht uns Glück.
Dora nickt. Und auch den Eisbären wünscht sie Glück.

Der Fotograf sitzt vor einem Gegenblättrigen Steinbrechpolster und wartet auf eine Hummel, Dora schreibt in ihr Logbuch, während Mika der Meeresforscherin dabei hilft, die Seile aufzurollen, auszurollen, aufzurollen.

Es gibt sonst nicht viel zu sehen. Nicht viel, was sich bewegt.

Der Bürgermeister der Gemeinde steht auf einer Anhäufung Geröll und Erde. Rund herum Weide, Gras, bodennahe Büsche. Er hebt den Spaten, sticht in die Erde und wirft den Aushub zur Seite. Der Fotograf erwischt den Moment. Der erste Spatenstich der ersten Straße, die zwei Ortschaften miteinander verbinden wird, ein historischer Moment für die Insel, sagt der Bürgermeister, er sei in Feierlaune. Das seien nun die besten Voraussetzungen für die Weiterentwicklung der Region. Die Straße würde nicht nur zwei Dörfer miteinander verbinden, sondern die ganze Insel mit Asien, Nordamerika, Europa, mit der ganzen Welt.

Auch anwesend sind Menschen der Umgebung, am Straßenbau Beteiligte, Bagger.

Hier würde in Zukunft Platz sein für Luxushotels, Heli-Skiing, Gletscherwanderungen. Hier sei in Zukunft Abenteuertourismus möglich. Auch bessere Transportmöglichkeiten für die Fischerei, Zugänge zu archäologischen Stätten, neue Jagd- und Forschungsgebiete wären dann erschlossen.

Dora denkt an die Dorfstraße und stellt sich die Pension als Luxushotel vor und die Abenteuertouristinnen, die mit bloßen Händen die Hecke erklimmen oder Apnoetauchen im Teich. Dora sieht vor ihrem inneren Auge Wissenschaftlerinnen und Wissenschaftler durch Frau Werks Naturschutzgebiet streifen, Bodenproben nehmend und Pflanzen bestimmen. Sie sieht das Dorfmuseum vor lauter Besucherinnen und Besuchern aus allen Nähten platzen, sieht Emmerich den Leerstand vermieten, und sie sieht Pina und Karsten vor dem Luxushotel stehen, und hinter ihnen leuchtet der reparierte Schriftzug *Zum goldenen Schnitt*.

19

Pina beobachtete Lobo, wie er das Foto seiner Eltern anschaute. Auf dem Foto Lobos Vater, Lobos Mutter und der ganz kleine Lobo. Zwei oder drei Jahre vor dem Unfall musste diese Aufnahme entstanden sein, das wusste Pina, denn Lobo war noch keine drei Jahre alt gewesen, als sie starben.

Vielleicht hatte da das Verschwinden begonnen, hatte da das Schrumpfen begonnen, am Dorf zu nagen. Und vielleicht war es wegen dieses Unfalls, dass Lobo auch bei Pina zu Hause zuhause war und Pina auch bei Lobo und dass sich die Kinder Loma und Karsten teilten, zumindest bis zu neun Zehnteln. Auch Dora, wenn sie da war. Dass sie ohnehin viel teilten. Dass sie auch die Zukunft des Dorfes teilten.

Und Pina fragte sich, was sie nicht teilten. Die Zukunft des Museums teilten sie nicht. Für alle aus dem Dorf war klar, dass einst Lobo das Museum übernehmen würde.

Ja, wer auch sonst, sagten sie.

Geht an die frische Luft, Kinder, haltet eure Füße warm. Euer Wachstum ist unser Wachstum.

Auf Pina wartete kein Museum, vielleicht eine Pension.

Und Pina dachte an das eine Zehntel Karsten und Dora, das sie nicht mit Lobo teilte. Und Pina wollte Lobo trösten, obwohl er gar nicht traurig wirkte, eher erfreut, das Foto seiner Eltern zu sehen.

Über Umsiedlung wurde gesprochen.

Per Bus über die Dorfstraße oder per Helikopter.

Wir vermissen dich, sagte Pinas Vater, und Pina fühlte das Vermissen wie einen gespannten Bogen in der Brust. Und Dora sagte: Ich vermisse euch auch. Und in Pinas Brust sprang der Pfeil vom Bogen, schnellte vorwärts, flog hoch. Wie weit er fliegen würde, wer weiß, vielleicht weit über den Teich.

Als Lobo und Pina um die Hecke bogen, stand Emmerich vor ihnen.

Sie hier, sagte Lobo.

Das müsse doch eher er sie fragen. Warum seid ihr nicht zu Hause, warum seid ihr nicht im Bett?

Ob er ihn nicht habe kommen hören?, zischte Pina.

Lobo schüttelte den Kopf.

Wisst ihr also nicht, warum ihr nachts um die Hecke schleicht?

Wir schleichen nicht, sagte Pina, wir schauen uns um. Und überhaupt, so spät sei es noch nicht, und genauso gut könnten sie das auch ihn fragen, warum er zu dieser Uhrzeit hier draußen sei.

Auch er schaue sich um, jemand müsse ja.

Und in diesem Moment tauchte Frau Werk aus der Dunkelheit auf, kam auf sie zu.

Aha, sagte Pina.

Aha was?, fragte Frau Werk.

Vier Augen sehen mehr als zwei, sagte Emmerich.

Acht, sagte Lobo.

Acht was?, fragte Frau Werk.

Wir haben ihn entdeckt, sagte Pina.

Jetzt ist aber genug, sagte Emmerich.

Und bevor noch irgendwer irgendwas sagen konnte, rannten Pina und Lobo in die Dunkelheit und durch sie hindurch nach Hause.

Er wisse nicht genau wann, sagte Emmerich zu Frau Werk, aber seit dem Feuer sei etwas passiert, da sei ein Schalter umgelegt worden, irgendwie. Ein Schalter, der etwas in seinem Inneren wieder zum Laufen gebracht habe, etwas, das lange geschlummert, das er beinahe ganz und gar vergessen gehabt habe, vielleicht ein Funke.

Frau Werk stand still.

Etwas, das er früher vielleicht seinen Antrieb genannt habe, etwas, aus dem er Mut schöpfe und Ideen.

Frau Werk hörte zu. Und sie wünschte sich auch einen Schalter, den sie umlegen könnte, der sie mutig machen würde, aber nichts klickte, nichts surrte in ihr. Nur ein Pochen war da.

Pina stellte sich vor, dass Emmerich im Geheimen Pläne für ein Treibhaus zeichnete. Ein Treibhaus, in das sie und Lobo einziehen müssten, um in Ruhe zu wachsen. Sie würden sich dort einrichten. Neben ihnen würden Tomatenstauden in die Höhe und Gurkenpflanzen in die Länge wachsen. Lobo würde hören, wie sich die Wurzeln im Boden vorwärtsbewegten, wie die Blätter sich dehnten, wie die Haut der Tomaten sich spannte. Sie würden auf ihr eigenes Wachstum horchen, würden ihre Arme und Beine, ihre Zehen und Finger, ihre ganzen Körper aufs Genaueste beobachten. Sie würden sich abwechseln mit Schlafen, damit sie es nicht verpassen würden, wenn sie dann doch kämen, die Schübe, und Pinas Fingerbeere sich einen Millimeter weiter Richtung Boden strecken würde, oder Lobos Kopf einen Millimeter weiter Richtung Decke.

Sie stellte sich vor, wie die Hitze durch die Glasfenster dringen würde, wie die Spezialisten sie durch die Scheiben hindurch beobachten, ihnen beim Schwitzen zusehen und auf sie zeigen würden, wie auf Hühnerküken unter Wärmelampen oder wie auf gut bewachte Edelsteine in gut ausgeleuchteten Vitrinen.

Uns ist heiß, würden sie sagen.

Und Frau Werk würde mit ihrem Gesicht dicht an die Scheibe herankommen und sagen: Haltet durch, meine Pflänzchen.

Pina und Lobo würden Stunden damit verbringen, mit ihren Fingern ihre eigenen Namen auf die beschlagenen Stellen zu schreiben, und dann zu schauen, wie sich Tropfen bilden und die Schrift zerrinnt.

Vielleicht würde das Treibhaus nützen, vielleicht würden sie wachsen, vielleicht aber würde auch nur ihr Groll gegen das Dorf wachsen, weil das Dorf die Sorgen um sein Wohl als die Sorgen um das Wohl der Kinder ausgab.

DORA

Der Fotograf erzählt von einer Dokumentarfilmerin, die, ausgestattet mit einem riesigen Budget, Kameramaterial vom Besten und wetterfester Ausrüstung, das Schmelzen der Gletscher für einen großen Sender dokumentieren sollte. Zur besten Sendezeit sollten ihre Bilder im Zeitraffer das Schmelzen zeigen.

Um einen besonders gefährdeten Gletscher gut im Bild zu haben, positionierte sie eine Kamera gegenüber dem Gletscher auf einem großen Eisberg. Die Dokumentarfilmerin packte die Kamera wetterfest ein und überließ sie Wind und Kälte.

Nur wenige Stunden nach der Abreise der Dokumentarfilmerin, löste sich ein gigantisches Stück vom Gletscher in der Größe von Manhattan, krachte ins Meer, riss weitere Eismassen mit sich, tauchte tief hinab und schnellte – die Unterseite des Gletscherabbruches nach oben gekehrt – viele Meter hoch aus dem Wasser und donnerte erneut ins Meer. Eine gigantische Flutwelle brach los. Die Größenverhältnisse lösten sich auf, die Eismassen zerrieselten wie Zuckerberge, und das Bewusstsein stellte sich ein, dass eine solche Gewalt nichts zurücklassen würde. Erst recht nicht eine Kamera, wetterfest verpackt hin oder her. Diese wurde von der Flutwelle ergriffen. Ihr Verbleib ist bis heute ungeklärt. Wahrscheinlich wurde sie zwischen den Eismassen zermahlen, oder aber sie sank auf den Grund, sank hinab in die Dunkelheit, bis hinunter zu den Heilbutten, sagt der Fotograf.

Maybe the halibuts are now filming their daily lives, maybe they are producing for Haliwood, sagt Mika.

Und das Lachen der Meeresforscherin erfüllt das ganze Deck.

Der Fotograf möchte Bilder finden, die zuvor so noch nicht gesehen wurden. Dora ist beeindruckt von der Geduld des Fotografen. Wie ein Angler am Ufer eines großen Sees und im See nur ein Fisch. Dora versucht, Ausschnitte für sich zu definieren. Den Fokus auf etwas zu legen. Eine Auswahl zu treffen. Sie versucht, die Welt um sich in Rechtecke der Größe 24 zu 36 Millimeter zu zerteilen. Kleinteilig wird die Welt.

Dora kneift ein Auge zu, hält Daumen und Zeigefinger vor ihr Gesicht und klemmt Eisberge dazwischen ein, auch Möwen versucht sie so zu fangen, und andere Boote. Einmal gerät auch Mika zwischen ihre Finger. Sie hält ihn so lange eingeklemmt, bis er sein Sandwich fertig gegessen hat, sich von der Reling löst, in die Kabine geht und sich wieder ans Steuer setzt.

Irgendwo da unter uns schwimmt mit großer Wahrscheinlichkeit ein Grönlandhai, sagt die Meeresforscherin. Sie beugt sich über die Reling und zeigt hinab. Bis zu 500 Jahre alt können sie werden, wird vermutet. Der Grönlandhai unter uns, sagt die Meeresforscherin, schwamm also schon umher während des Dreißigjährigen Krieges, während der kleinen Eiszeit und als das Teleskop erfunden wurde, stellt euch das einmal vor.

Dora muss an Loma denken, vielleicht, weil sie die Dorfälteste ist, vielleicht, weil sie weiß, dass diese Geschichte Loma gefallen würde, vielleicht aber auch, weil sie wie die Meeresforscherin oft sagt: Stellt euch das einmal vor.

Alles dauert lange bei diesem Hai, fährt die Meeresforscherin fort. Das Leben dauert lange, aber auch ihr Wachsen. Die bis zu sieben Meter langen Tiere wachsen nur 0,5 Zentimeter pro Jahr. Und auch das Fortpflanzen passt nicht in ein Menschenleben. Erst mit 150 Jahren werden sie geschlechtsreif. Die Meeresforscherin beugt sich noch etwas weiter über die Reling.

Weil es in der Tiefsee kaum Nahrung gibt, müssen sie Energie sparen und bewegen sich darum enorm langsam, mit einer Geschwindigkeit von maximal 3.5 Kilometern pro Stunde. Ein sehr großes, sehr altes, sehr langsames Tier also, mit Zähnen, die ein Leben lang nachwachsen, mit sensorischen Poren am Kopf und großen Nasenlöchern. Es kann seine Beute kilometerweit riechen. Sein Sehvermögen ist jedoch trotz der großen Augen schlecht. Zudem hat ein Meeresbiologe namens Julius Nielsen bei der Untersuchung von 28 Grönlandhaien herausgefunden, dass allesamt einen fluoreszierenden Ruderfußkrebs als Parasiten im Auge tragen. Dieser Krebs ernährt sich dort vom Gewebe, und die Haie erblinden, sagt die Meeresforscherin und legt ihre rechte Hand über ihr rechtes Auge. Es wird aber vermutet, sagt die Meeresforscherin, dass eben diese Krebse den Haien in Wahrheit nicht nur schaden, ganz im Gegenteil, dass nämlich in der stockfinsteren Tiefsee das Sehvermögen der Haie ohnehin nutzlos ist und dass das durch die fluoreszierenden Krebskörper verursachte Leuchten in den Haiaugen andere Lebewesen anlocken würden, die der Grönlandhai dann fresse.

Seine Langsamkeit wird wohl sein Todesurteil sein. In

den durch das Schmelzen des Eises gut erreichbaren Fischgründen werden Schleppnetze und Langleinen ausgeworfen, die den langsamen Fisch fangen und an die Oberfläche bringen, was Jahrhunderte lang verborgen lag. Und das berühre sie doch sehr, sagt die Meeresforscherin, die Ausweglosigkeit, dass nicht einmal die tiefste Tiefsee Versteck genug ist. Tiefer tauchen kann er nicht. Und doch hoffe sie, dass er noch so lange wie möglich dort lebe, viele weitere 500 Jahre, dort unten in der Dunkelheit, in der Kälte, blind und mit leuchtenden Augen.

Dora wünscht sich die Länge ihres Lebens so lang wie dasjenige des Grönlandhais. Dass in einem solch langen Leben alles Platz finden würde, Pina, die Arktis, die Meeresforscherin, Karsten.

VON LÜCKEN

In der Zeitung wurde über die Federdiebe berichtet. Zwei Männer entrissen in den Archiven von acht Museen den dort gelagerten Vogelbälgen Federn. Sie hinterließen Lücken in den Flügeln und eine Schadenssumme, die nicht zu beziffern ist.

Bis man ihnen auf die Schliche kam, vergingen zwölf Jahre.

Dass das so lange dauerte, hatte verschiedene Gründe. Die Diebe waren zwar nur Hobbyornithologen, hatten aber ein riesiges Wissen über Raubvögel, insbesondere über Greifvögel, sie waren sozusagen vom Fach.

Sie hatten die Museen selber auf Schäden hingewiesen. Hier ist ein Flügel abgebrochen, hier hängt ein Auge schief, da ist Schädlingsbefall am Balg und da auf dem Etikett ein Tippfehler.

Ein weiterer Grund ist die Tatsache, dass die Flügel bei Bälgen traditionellerweise am Körper anliegen. Wenn eine Feder fehlt, dann fällt das auf den ersten Blick nicht auf. Man muss den Balg herausnehmen, aus der Dunkelheit der Archive, muss den Flügel öffnen, dann erst kann man die Lücke erkennen.

Wenn ein Federdieb eine Feder aus einem Balg eines ausgestorbenen Vogels reißt, dann ist der Schaden endlos. Wenn der Vogeldieb eine Feder aus mehreren Bälgen von ausgestorbenen Vogelarten reißt, dann ist der Schaden mehrfach endlos, aber eben immer noch endlos.

Wie errechnet man einen endlosen Schaden?

Bei einem beschädigten Goldfasanenbalg beispielsweise kann eine Schadenssumme ungefähr geschätzt werden. Es kann ungefähr errechnet werden, wie lange die durchschnittliche Lebensdauer eines Goldfasans ist, wie viel Futter er in dieser Zeit frisst, wie viel Betreuung er benötigt, wie teuer die Präparation des Tieres ist und der Transport.

Bei einem reproduzierbaren Präparat kann eine Schadenssumme errechnet werden. Nicht aber bei einem nicht reproduzierbaren Präparat. Was es nicht mehr gibt, ist weg, für immer.

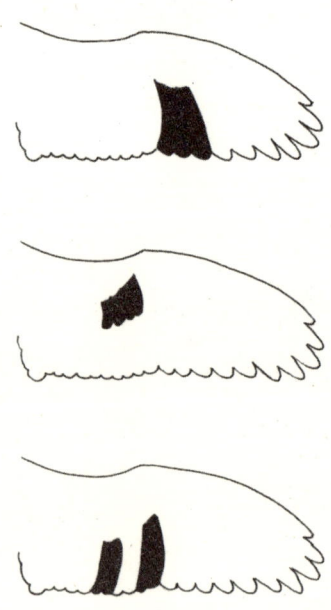

Jetzt liegen die gestohlenen Federn lose in Mappen, wie einzelne Puzzleteile. Die richtigen Federn wieder den richtigen Bälgen zuzuordnen, ist praktisch unmöglich. Man müsste von allen beschlagnahmten Federn und von allen Bälgen mit Lücken Proben für die Analyse nehmen. Um die Proben zu entnehmen, müsste man die Bälge erneut beschädigen.

Auch wird der Versuch, eine gestohlene Feder dem richtigen Balg zuzuordnen, durch das Mausern erschwert. Wenn ein Vogel zwischen dem Wechsel einer Feder und der Nachbarsfeder von einem Land in ein anderes fliegt, dann ist die chemische Zusammensetzung der beiden Federn eine andere, weil die Bodenzusammensetzung eine andere ist und die Vögel Elemente wie Kohlenstoff oder Stickstoff oder Phosphor durch die Nahrung aufnehmen und in den Federn ablagern.

Aus den Federn sind die Aufenthaltsorte der Vögel herauszulesen. Die Vögel tragen die Orte in den Federn mit sich, tragen Reisetagebücher als Flügel.

20

Die Busfahrerin stand unter der beschädigten Hecke.
Sieht nicht gut aus.
Pina nickte.
Schlecht fürs Geschäft, was?, die Busfahrerin zeigte auf den Campingtisch.
Für Ihres wohl auch, sagte Pina und zeigte auf den Bus, vor dem nur eine einzige Touristin ein Sandwich aß und ins Umland schaute.
Loma meinte ja, dass durch den Schaden mehr Touristinnen und Touristen kommen könnten, Sensationstourismus.
Die Busfahrerin zuckt mit den Schultern.
Pina beobachtete die Touristin, um herauszufinden, ob diese in der beschädigten Hecke eine Sensation erkannte. Aber die Touristin verhielt sich wie alle Touristinnen. Sie machte ein paar Fotos, lief hin, lief her, wollte das Sandwichpapier in den Mülleimer werfen, verfehlte, lief um die Hecke herum, stieg dann in den Bus und wartete auf die Abfahrt. Sie erkundigte sich nicht einmal über den Heckenschaden, was Pina als schlechtes Zeichen für den Sensationstourismus wertete.

Wenn nur ein Gast in die Pension käme, sagte Pinas Vater, dann käme bald ein zweiter, ein dritter. Und nach dem dritten ein vierter. Dann sehe die Pension wieder belebt aus, und belebt aussehende Pensionen würden wiederum weitere

Gäste anziehen. Menschen ziehen Menschen an. Wir müssen aus null nur eins machen. Dann wäre es geschafft. Dann wäre Wiedereröffnung. Und als Pinas Vater Wiedereröffnung sagte, sah Pina vor ihrem inneren Auge die Pension strahlen, sah eine frisch gestrichene Fassade, geputzte Scheiben und die polierte Messingklingel an der Rezeption. Und in der polierten Messingklingel das gespiegelte Gesicht ihres Vaters, das ebenfalls strahlte.

Wann bist du zurück?, fragte Pina.

Im Winter bin ich zurück, sagte Dora. Und rund um ihre Stimme war ein Rauschen. Vielleicht auch schon früher.

Wie viele Eisbären sie schon gesehen habe, fragte Pina.

Vielleicht fünf?, sagte Dora.

Ob das nicht genauer ginge?

Nein, sie wisse wirklich nicht, wann sie wiederkomme, aber wenn es soweit sei, sie freue sich darauf. So sehr, Pina, freue ich mich, hörst du?

Das Rauschen wurde lauter. Und dann war nur noch Rauschen, und Dora war weg.

Pina wartete auf das Wiederkehren von Doras Stimme.

Pina wartete auf den Winter.

Pina saß an der Rezeption und zeichnete Doras Schiff auf eine leere Gästebuchseite. Ob er wisse, dass Arktische Erdhörnchen im Winter einfrieren, fragte sie ihren Vater.

Nein, das habe er nicht gewusst, sagte Pinas Vater.

Ob er denke, dass Dora das wisse.

Das denke er schon, sie wisse sehr viel über das Eis und sicher auch viel über Arktische Erdhörnchen.

Ob er meine, dass die Erdhörnchen das wissen, im Sommer, dass sie im Winter dann tiefgefroren sein würden.

Wohl kaum.

Vielleicht doch.

Vielleicht wissen sie dann aber auch, wenn sie einfrieren, dass sie wieder auftauen werden, wenn der Sommer kommt, sagte Pinas Vater.

Oder sie meinen dann, dass dieser Zustand für immer bleibt, antwortete Pina.

Das wäre schlimm, sagte Pinas Vater.

Ja, das wäre schlimm.

Sonst gehen wir hin und schauen selber nach, sagte Karsten

Wie die Erdhörnchen schlafen?, fragte Pina.

Und wie es Dora geht, sagte Karsten.

Für die Bewohnerinnen und Bewohner des Dorfes stand fest, dass in Zukunft Lobo das Museum übernehmen würde, dass er es sein würde, der in Zukunft die Vitrinen putzt, sich Gedanken macht über Ankäufe und Publikumsmagnetwirkung. Aber Lobos Interesse am Museum war so klein wie die Muschelscherbe, die dort in einer Vitrine lag.

Lobo wünschte sich, Busfahrer zu werden. Er wünschte sich, mit dem Bus immer wieder aus dem Dorf hinauszukommen. Er könnte Spezialreisen anbieten, und Pina würde unterwegs Wetterfahnen verkaufen, während er die Reisegruppen an Spezialorte führen würde.

Er wollte Dinge sehen und hören, über die ihm Loma erzählt und über die er im Internet gelesen hatte. Dorthin wollte er. Wer gut hört, kommt weit im Leben. Und Lobo versuchte, sich vorzustellen: Wie klingt das Meer an der Küste im Sommer, wie klingt die Wüste bei Nacht, wie klingen die Schritte beim Hochsteigen auf den Eiffelturm, wie klingt Regenwald beim Wachsen, wie klingt ein schlafender Bär?

Für Lobo stand fest: Dora war in der Arktis, und wenn Pina und Karsten sie dort besuchen gingen, wer weiß, ob sie dann zurückkehren würden; Pina und Karsten und Dora.

Vielleicht würde irgendwann nur noch Pilaster übrig bleiben, dachte Pina. Aus dem Dorf würde ein hündisches Dorf werden. Pilaster würde mit neuen Freunden aus dem Umland das Dorf bewohnen. Sie wären ganz auf sich gestellt. Zuerst würden sie die Vorratskammer der Pension plündern, danach würden sie herausfinden, wie die Tür der Tiefkühltruhe zu öffnen sei, und noch später würden sie ihre Essgewohnheiten ändern und auf Nahrung aus dem Naturschutzgebiet umsteigen, auf Mäuse, große Libellen, Würmer, Dickmaulrüssler, wer weiß.

Die Hunde würden viel auf der Dorfstraße liegen und sich sonnen, sie würden durch den Leerstand streunen und die Hecke anbellen. Sie würden aus dem Teich trinken und hin und wieder die Nase in die Luft recken, eine Fährte wittern, die herbeigetragen werden würde vom Wind.

BERICHTE AUS DEM UMLAND

Frau Werk berichtete, dass trotz des Wachsens der Pflanzen die Auftragslage nicht rosig sei. Die Unzugänglichkeit mache der Branche zu schaffen, sie habe mit anderen Gärtnereien Kontakt aufgenommen. Es sei aussichtslos. So zumindest die Meinung derjenigen Gärtnereien, die noch geöffnet hatten. Eine große Resignation habe sich breitgemacht, sagte Frau Werk. Eine Gärtnerin habe gesagt, dass ihr Unmut und ihre Hoffnungslosigkeit sich bereits so stark ausgedehnt hätten wie das Unkraut selbst. Bald sei hier Schluss, habe die Gärtnerin gesagt und Frau Werk ihre Infrastruktur im Falle einer Schließung zu einem günstigen Preis angeboten. Und Frau Werk habe für einen kurzen Moment das eigene Wachstum gesehen, habe gesehen, wie ihre eigene Gärtnerei aufgrund der Schließung aller Gärtnereien im Umland wachsen und wachsen würde, wie sie Pina und Lobo und weitere Angestellte einstellen würde, wie sie von der beschädigten Hecke aus ins ganze Umland eingreifen würde mit Rabatten-, Kreisel-, Straßenrandbepflanzung, wie sie ein ganzes fünfköpfiges Team allein für die Unkrautbekämpfung und ein anderes ganzes fünfköpfiges Team allein für die Heckenpflege losschicken könnte, Tag für Tag, auch samstags, und wie die Gärtnerei Werk aufblühen würde und die Natur im Griff hätte und der gute Ruf ihrer Arbeit weit über das Umland hinaus reichen würde.

21

Was weiter verschwand:
Lobo

Hätte das Dorf in dieser Nacht einen leichten Schlaf gehabt, dann hätte es Lobos Weggehen vielleicht bemerkt. Aber alle schliefen tief in ihren Betten. Außer Pilaster, der einmal den Kopf hob, in die Nacht horchte, ein winselndes Geräusch machte und dann den Kopf wieder auf seine Pfoten legte.

Wenn das Dorf wach gewesen wäre, es hätte aus dem Fenster vielleicht beobachten können, wie ein kleiner Schatten über die Dorfstraße huschte, wie der Schatten über die Wiese streifte, immer wieder reglos stehen blieb, wie er schließlich die beschädigte Hecke erreichte und wie der kleine Schatten im riesengroßen Schatten der Hecke unterging, wie ein Schatten den anderen verschlang. Dann hätte das Dorf bei genauestem Beobachten vielleicht noch sehen können, dass sich die beschädigte Hecke bewegte, leicht hin und her, wie ein Winken zum Abschied. Und kurz darauf wäre wieder Ruhe eingekehrt, Regungslosigkeit, nicht einmal ein Windhauch in den Blättern.

Als das Dorf am nächsten Morgen aufwachte, fand Loma Lobos Bett leer vor, später fand sie die ausgeräumte Vitrine im Museum, der Kompass lag nicht mehr an seinem Platz, Frau Werk vermisste schon bald ihr Maßband, und Pinas

Vater entdeckte, dass der Getränkeautomat geplündert worden war.

Such, sagte Emmerich und hielt Pilaster ein T-Shirt von Lobo unter die Nase. Pilaster roch am Stoff, hob den Kopf, entfernte sich fünf Schritte von Emmerich und legte sich dann an den Rand der Dorfstraße. Such, sagte Emmerich noch einmal, aber Pilaster blieb liegen.

Was für ein faules Tier, schimpfte Loma.

Sie meint es nicht so, sagte Emmerich zu Pilaster und tätschelte seine Flanke.

Genau so meine sie es, so, wie sie es gesagt habe, sagte Loma. Und Tränen waren in ihrem Gesicht.

Frau Werk hob beschwichtigend die Hand, der Hund könne nun wirklich nichts dafür, das seien eigenwillige Kinder, das habe man ja kommen sehen, dass sie irgendwann gingen, auch wenn sie ihnen Perspektiven geboten hätten, die Gärtnerei inklusive Hecke, das Museum, die Pension.

Eine Hoffnungsträgerin haben wir zum Glück ja noch.

Pina spürte alle Blicke auf sich.

Nur Loma schaute nicht zu ihr, sondern die Dorfstraße hoch, mit zusammengekniffenen Augen, als ob sie ihre Augen dazu bringen wollte, noch weiter zu sehen als für gewöhnlich.

Und auch Pina schaute in diese Richtung und schwieg.

Vielleicht sei das Feuer ein Vorzeichen gewesen, sagte Loma. Vielleicht sei daraus zu schließen gewesen, dass noch Schlimmeres folgen würde. Vielleicht hätte man von da an vorsichtiger sein sollen.

Ich hätte besser schauen müssen, sagte Pinas Vater.

Ach was, sagte Frau Werk, auf was hätten wir denn noch

mehr Acht geben sollen, so vorsichtig, wie wir uns hier bewegen, würden sich ansonsten höchstens Diebe bewegen oder die Spurensicherung. Man müsse sich jetzt auf diesen Fall konzentrieren, man müsse die Kräfte bündeln und überlegen, wo noch gesucht werden, wo er sich noch aufhalten könnte. Pina, denk nach, sagte Loma.

Sie stand direkt vor Pina, und Pina versuchte, an ihr vorbei auf die beschädigte Hecke zu schauen. Aber Loma war in diesem Moment so groß, dass sie die Hecke vollständig verdeckte.

In der beschädigten Hecke hatte Pina schon geschaut, auf dem Hügel war sie schon dreimal gewesen, Emmerich und Pilaster waren unzählige Male um den Teich gelaufen, Frau Werk hatte das Naturschutzgebiet durchstreift, Pinas Vater hatte in jeden Schrank und unter jedes Bett in der Pension geschaut, und Loma war bis zur übernächsten Bushaltestelle gelaufen mit ihrer kräftigen Stimme, hatte nach Lobo gerufen, die ganze Nacht, den ganzen Tag, die ganze Nacht.

Auf zwei durchwachte Nächte folgte eine dritte. Loma lag zwar mit geschlossenen Augen, aber wach im Bett und ging alle Gespräche der letzten Woche im Kopf durch, die sie mit Lobo geführt hatte, Frau Werk saß in ihrer Küche und trank einen Tee zur Beruhigung, Pinas Vater stand an der Rezeption und starrte auf eine leere Doppelseite des Gästebuchs, Emmerich saß vor dem Haus, unter seinen Füßen schlief Pilaster als einziger tief und fest.

Pina schlich sich nach draußen. Sie roch die Nacht, die mondlos war, die ganz und gar dunkel war. Sie lief auf direktem Weg zur Hecke, am Getränkeautomaten vorbei, der ein grelles Licht in die Dunkelheit warf, um das wenige

Mücken und Falter tanzten. Sie lief weiter über die Wiese. Das Gras stand hoch, reichte Pina bis zu den Hüften und der Duft des Grases passte zur Nacht, und irgendwie passte auch Pina zur Nacht.

Lobo, flüsterte sie, als sie vor der Hecke stand, bist du da?

Sie stellte sich vor, wie Lobo in der Hecke lag, ganz flach atmete. Sie stellte sich vor, wie er sie schon von Weitem hatte kommen hören, wie er mit geschlossenen Augen dalag, keine Bewegung machte, um sich nicht zu verraten, wie er horchte auf jeden ihrer Schritte und Atemzüge. Sie stellte sich vor, wie er sie durch die Lücken zwischen den Heckenblättern hindurch erspähen würde, trotz der Dunkelheit, und sie stellte sich vor, dass er sich einsam fühlte und gleichzeitig geborgen, dass er diesen Zustand aushalten würde, lange.

Pina begann, um die beschädigte Hecke herumzulaufen, sie lief immer schneller, bis sie rannte, Runde um Runde. Sie stellte sich vor, dass sie Fangen spielten, dass Lobo hinter ihr herrannte, dass sie nur stehen bleiben müsse, und dann würde sie Lobo sehen können, wie er um die Hecke bog, direkt auf sie zu.

Warum Lobo ihr nichts gesagt hatte, fragte sich Pina. Warum er ohne sie gegangen war. Wenn, dann wollten sie doch zusammen verschwinden, wenn, dann wollten sie das zu zweit machen und nicht allein.

Pina fragte sich, was er sich nur dabei gedacht hatte, sie hier zurückzulassen mit all diesen Erwachsenen. Was war das alles noch ohne Lobo, was waren der Teich noch und das Eis auf dem Teich, was waren der Steg, die Kartenspiele, was waren die Hecke, der Hügel noch ohne Lobo.

Pina erinnerte sich an eine Geschichte, die ihr Dora viele Male vorgelesen hatte, die Geschichte von einem ganz kleinen König, der im Bücherregal eines Mannes lebte. Der Mann entdeckte den König auf seinem Tisch, als dieser gerade dabei war, Brotkrumen einzusammeln, die in seinen Armen faustgroße Brötchen waren. Der Mann traute seinen Augen nicht, und auch der König war zu Beginn unsicher, wie sehr er dieser Situation trauen konnte. Aber als sich beide von ihrem Schreck erholt hatten, und der Mann keine Anstalten machten, den König unter seinem Daumen zu zerdrücken oder mit der Hand vom Tisch zu fegen, begann der König zu erzählen. Er erzählte dem Mann, dass es bei ihnen anders sei als bei den Menschen, dass sie nämlich nicht klein zur Welt kämen, sondern groß, als Riesenbabys, und dass sie im Verlaufe ihres Lebens kleiner und kleiner würden. Irgendwann, erzählte der König, würde er so klein sein, dass er kleiner nicht mehr werden könne.

Und so war es auch: Der König war schon ziemlich alt und darum auch schon ziemlich klein, und er wurde von Tag zu Tag noch kleiner. Eines Tages war er so klein, dass es kleiner nicht mehr ging. Der Mann konnte ihn nicht mehr sehen. Der König war verschwunden, der König war tot.

Vielleicht, dachte Pina, erging es Lobo auch so. Vielleicht war einer der Schübe gekommen, aber aus einer falschen Richtung, und hatte Lobo nicht größer, sondern kleiner gemacht, so klein, dass er jetzt mit bloßem Auge nicht mehr zu sehen war. Vielleicht, dachte Pina, ist Lobo noch da, versucht, am Stuhlbein zu ihr hochzuklettern, bis zu ihrem Ohr, um dort hineinzurufen, dass er nicht gegangen sei, dass er nur unfassbar, geradezu verschwindend klein sei.

Vielleicht war Lobo aber auch irgendwo ganz glücklich im Umland unterwegs und fühlte sich wie ein Vogel nach dem Sturm, der gerade noch so davongekommen war, der höchstens ein, zwei Schwanzfedern zu beklagen hat, aber ansonsten ganz und gar entwischen konnte.

Pina saß neben dem Automaten am Campingtisch und ließ die Windmaschine laufen. Sie hielt den Kopf so vor die Windmaschine, dass der Wind ihr die Haare aus dem Gesicht blies, und schloss die Augen. Sie hatte keine einzige Wetterfahne verkauft. Es war auch niemand gekommen, die oder der eine Wetterfahne hätte kaufen können. Die Touristinnen und Touristen blieben an diesem Wochenende aus. Als Pina die Augen wieder öffnete, stand die Busfahrerin neben ihr am Automaten und schaute sich die Auswahl an.

Möchtest du auch was?

Pina nickte, und die Busfahrerin ließ zwei Orangenlimonaden aus dem Automaten. Pina mochte die Kälte der Dose in ihrer Hand, sie mochte das zischende Geräusch des Deckels beim Öffnen und das Kribbeln der süßen Flüssigkeit im Mund, den Hals hinab.

Als ob die Touristinnen und Touristen um die Hecke einen großen Bogen machen würden, sagte Pina.

Diesen Monat läuft es so schlecht wie noch nie. Vielleicht das Wetter, sagte die Busfahrerin, und Pina und sie schauten in den wolkenlosen Himmel.

Ob sie ihren Job eigentlich gerne mache.

Mal so, mal so, sagte die Busfahrerin und zerdrückte ihre Dose in der Hand, zielte auf den Mülleimer, verfehlte und lief los, um die Dose aufzuheben. Als sie wieder bei Pina war, fragte sie, ob sie schon mal daran gedacht habe, ihren

Bus als Motiv für eine Fahne zu verwenden, das wäre sicher hübsch, das ließe sich bestimmt verkaufen.

Wenn denn überhaupt noch mal jemand kommt und nicht alle gehen, sagte Pina.

Sie habe nach Lobo Ausschau gehalten, sagte die Busfahrerin.

Lobo, wer ist Lobo, sagte Pina, stellte ihre Windmaschine aus, packte sie in eine Tüte, auch die Wetterfahnen, klappte den Campingtisch zusammen und ließ die Busfahrerin beim Automaten stehen.

Nebst den Nachrichten von Dora wartete Pina jetzt auch auf Nachrichten von Lobo. Würden Lobos Nachrichten mit der Post kommen, die mit den Touristinnen und Touristen im Bus das Dorf erreichten? Würde Lobo ihr schreiben, würde er an sie denken, würde er sie vermissen?

Loma wollte auch hinter der beschädigten Hecke über das Verschwinden von Lobo informieren. Sie wollte, dass das Umland und über das Umland hinaus nach Lobo gesucht wurde.

Loma fertigte Suchzettel an, mit denen für gewöhnlich vermisste Katzen gesucht werden oder Bankräuberinnen. Auf dem Suchzettel war ein Foto von Lobo, und unter dem Foto stand *Vermisst* und *Haarfarbe dunkelbraun, Augenfarbe braun, T-Shirt rot, Größe 135 cm* und darunter die Telefonnummer von Loma.

Pina stand neben Loma und riss kleine Klebebandstücke von der Klebebandrolle, reichte sie Loma, die Zettel an jede Haustür des Dorfes, an der Drehtür der Pension, an jede der acht Straßenlaternen, an allen vier Seiten des Getränkeautomaten, an beiden Hydranten, an den Stromkästen anbrachte. Loma überklebte auch die Schilder, mit denen

Frau Werk einzelne Pflanzen im Kreisel für botanisch interessierte Touristinnen und Touristen kennzeichnete, überklebte die wenigen Straßenschilder links und rechts der Dorfstraße und alle Informationsschilder rund um die beschädigte Hecke.

Pina stand neben Loma, als Loma der Busfahrerin einen ganzen Stapel der Zettel mitgab und sie bat, die Zettel an jeder Haltestelle aufzuhängen, an wirklich jeder.

Pina stand auch dann neben Loma, als die Busfahrerin wiederkam und meinte, dass sie alle Zettel verteilt habe, an jeder Haltestelle, wirklich an jeder, und dass sie auch im Bus Durchsagen gemacht habe, die Touristinnen und Touristen über das Verschwinden informiert und auch einzeln bei ihnen nochmals nachgefragt habe, ob ihnen etwas aufgefallen sei, vielmehr, ob ihnen ein Junge aufgefallen sei, Haarfarbe dunkelbraun, Augenfarbe braun, T-Shirt rot, Größe 135 cm. Sie habe alles versucht, aber bis jetzt noch nichts gehört, nichts Brauchbares, nicht von Bedeutung. Eine Frau habe ihr von einem entlaufenen Hund erzählt, ein Mann zwar von einem Jungen, den er beim Einkaufen gesehen habe, auch mit einem roten T-Shirt, aber mit Sicherheit älter, mit Sicherheit größer. Es tue ihr leid, sagte die Busfahrerin.

Loma bedankte sich mit belegter Stimme, und Pina stand auch dann neben Loma, als Loma Pina den Arm um die Schultern legte und zudrückte, als ob sie Pina nicht umarmen, sondern festhalten wollte.

DORA

Auf einer der ersten Grönlandexpeditionen seien Zwergstrauchheiden untersucht worden, sagt die Meeresforscherin. Ihre Koordinaten wurden festgehalten, ihr Wachstum begutachtet, ihre Höhe, der Durchmesser ihrer Äste und Stämme vermessen, die Jahresringe gezählt. Immergrün, kleinblättrig, miteinander verflochten.

Auch Dora, die Meeresforscherin, Mika und der Fotograf sind miteinander verflochten, auch sie sind eine Art Gewächs geworden. Mit eigenständigen Armen und Beinen zwar, aber mit dem Blick auf das immer Gleiche, wenn auch aus unterschiedlichen Perspektiven und auf eigene Weise: Der Fotograf schaut durch die Linse auf Landschaft, Mika über sein GPS und durch sein viereckiges Fahrerfenster, die Meeresforscherin und Dora schauen durch Mikroskope und Fernrohre.

Das Ziel der Untersuchung der Zwergstrauchheiden war es, mehr über die alpinen Pflanzenarten zu lernen, die denjenigen des arktischen Raums angeblich so ähnlich sind, sagt die Meeresforscherin. Eine Reise also, um die alpin-arktischen Zusammenhänge zu untersuchen und um der extremen Höhe der Alpen die extreme Höhe des Nordens entgegenzusetzen und sie dann zu verbinden. Wie zwei Schablonen übereinanderzulegen und zu schauen, was herauskommt bei diesem Vergleich, wo sie deckungsgleich sind, wo nicht, was übrig bleibt.

Was von den Expeditionen in die Arktis für die Arktis übrig bleibt, fragt Dora. Was ließen sie zurück, die Entdecker, die Forscher, die Kolonialherren – es waren alles Herren. Sie ließen Karten zurück. Kaum anderes Wissen. Aber sie nahmen Wissen mit: Das Wissen um die Verwendbarkeit des Anoraks in den Alpenregionen, auch von Interesse für das Militär, das Wissen über Engelwurz, Kajakfahren, über den Umgang mit Hunden.

Was nehmen die Meeresforscherin, der Fotograf und Dora mit? Für wen, in wessen Interesse?, fragt sich Dora. Genauso egoistisch ihr Plan.

Was lassen sie zurück, und wäre es nicht besser für die Arktis, sie würden nichts, keine einzige Spur oder Erkenntnis dalassen, nichts mitnehmen, so gehen, wie sie gekommen waren, und die Arktis so lassen, wie sie war?

Sie sieht die Spur, die das Boot im Eismeer hinterlässt, und weiß, dass es dafür zu spät ist.

Der Fotograf macht ein Bild von Dora, der Meeresforscherin und Mika. Mika mit seinen neongelben Handschuhen, Dora und die Meeresforscherin in neonorangen Schwimmwesten. Im Hintergrund Eis, Meer, Himmel. Sie stehen wie zwei Statistinnen und ein Statist vor der Kulisse Arktis. Und Dora weiß um die Wirkung der Bilder. Als Dokumentation für Geldgeberinnen und Geldgeber, als Beweis, dass man da war, für die Familie zu Hause.

Dora erinnert sich an eine Fotografie einer früheren Polarexpeditionen: ein Bild einer Gletscherspalte, die Position der Kamera leicht erhöht, so dass die Betrachterin und der Betrachter des Bildes in den Schlund des Abgrundes blicken, die Perspektive so gewählt, dass die Teilnehmer der

Expedition winzig erscheinen im Vergleich zur riesengroßen Spalte, die nachträglich von Hand dunkelblau koloriert wurde, um das Grauen, das von ihr ausgeht, und den großen Mut der Polarforscher herauszustreichen.

Was fehlt:
    Bäume
    Ameisen
    Amphibien
    Reptilien

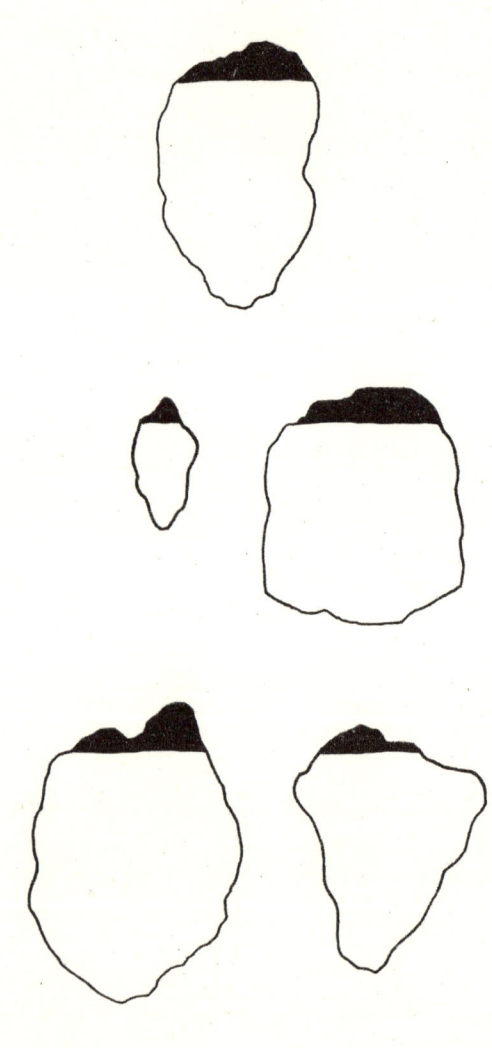

BERICHTE AUS DEM UMLAND

Frau Werk berichtete, dass sie keine Spur von Lobo gefunden habe. Dass sie nachgeschaut habe im Naturschutzgebiet, an den Rändern des Naturschutzgebietes, im Umland, entlang der Dorfstraße. Dass da nichts, aber auch gar nichts von Lobo zu sehen gewesen sei.

22

Pina saß hinter der beschädigten Hecke und schaute ins Umland. Sie dachte an die Arktis, und dann wurde ihr kalt und warm, und dann dachte sie an Lobo, und dann wurde ihr kalt und warm, und sie fragte sich, wo er wohl sein könnte und warum er keine Spuren hinterlassen hatte, dass er sich doch hätte denken können, dass Pina ihn suchen würde, dass er es ihr auch etwas einfacher hätte machen können, dass sie es an seiner Stelle für ihn – wäre er an ihrer Stelle –, dass sie es für ihn einfacher gemacht hätte. Vielleicht war das eines von Lobos Spielen, und Pina hoffte sehr, dass das Spiel aufgehen und dass sie Lobo finden würde und dass sie dann zusammen Richtung Norden laufen würden. So, wie das ursprünglich der Plan gewesen war. So, wie es feststand.

Jetzt stand fest: Von Lobo war weit und breit nichts zu sehen.

Pina stellte sich vor, wie Lobo Richtung Norden lief. Den Blick auf den Kompass zu richten, wurde zu einer seiner Hauptbeschäftigungen. Bei jeder Wegkreuzung zog er ihn aus seiner Hosentasche, beobachtete das Drehen der Nadel und folgte ihrer Richtung. Die Jahreszeit war günstig. Lobo würde Obst von den Bäumen und Gemüse von den Feldern, Reste aus Mülltonnen essen, und immer wieder würde er ein Brot oder eine Tafel Schokolade an einer Tankstelle klauen. Die Tankstellenverkäuferinnen würden ihm nachschauen, wie er mit dem Diebesgut unter dem Pullover davonrennen würde. Ein paar würden versuchen, ihn aufzuhalten. Lobo aber würde sich nicht erwischen lassen.

Pina stellte sich die Unterseite der Hecke wie die Unterseite der Eisberge vor. Sie stellte sich vor, dass neun Zehntel der Hecke unter Tag, dass die Wurzeln der Hecke neunmal so groß wie die Hecke selbst unter der Erde liegen würden. Sie stellte sich vor, wie diese Riesenwurzeln die Hecke und das ganze Dorf unterwanderten. Wie ein besonders dicker Wurzelarm auch unter der Pension hindurchwachsen würde, bis zum Teich, und wie der Arm unter dem Teich hindurch bis ins Umland reichen würde.

Würde ein besonders starkes Gewitter kommen und die Hecke umwerfen und würden die Wurzeln herausgerissen, so würde auch das ganze Dorf mitgerissen. In der aufgebrochenen Erde würden überall riesengroße und kleinere Wurzelarme liegen, verschlungen, ineinander, übereinander, und dazwischen wären Blätter der Hecke zu sehen, Teile von Häusern, Teile von Menschen. Das schwache Licht des Getränkeautomaten würde aus diesem Chaos hervorglimmen, und zu hören wäre das Surren des Automaten, vielleicht das Winseln von Pilaster.

Seit Lobos Verschwinden war das Schrumpfen auch auf Loma übergegangen. Mit jedem Tag, an dem Lobo fehlte, wurde sie kleiner und kleiner. Wie eine Drüsige Springkrautpflanze auf der Dorfstraße ging sie ein, war viel im Museum, kümmerte sich um die Vitrinen.

Und auch der Rest des Dorfes war mehr und mehr abwesend.

Pinas Vater deckte sich mit Arbeit ein. Anscheinend florierte andernorts die Hotelleriebranche. Es gäbe immer etwas zu kritisieren, sagte er und: Essen steht im Ofen.

Frau Werk hielt nachts oft Wache bei der Hecke oder sammelte Dickmaulrüssler ein. Und auch Emmerich war nachtaktiver, zumindest brannte bis spät Licht in seinem Haus.

Während Pina aufgewärmte Lasagne aß, wuchs ihre Wut. Vor allem ihre Wut auf Lobo, der sie und das ganze Dorf im Stich ließ, der sich keinen Dreck um die Zukunft des Dorfes scherte, der vor allem die ganze Last dieser Zukunft auf Pina überwälzte, der sich einfach so aus dem Staub machte, ohne ein Wort und ohne sie.

23

Auch Pina beschloss, das Umland nach Lobo abzusuchen. Sie war noch nicht allzu weit gekommen, da traf sie bereits auf eine Bekannte.

Sie hier?, fragte Pina, und die Busfahrerin sagte, dass das wohl ihr Text sei, was Pina hier mache, ganz allein auf der Dorfstraße gut zehn Kilometer vom Dorf entfernt.

Weggelaufen?, fragte sie.

Pina antwortete, dass sie Lobo suche.

So weit draußen?, fragte die Busfahrerin.

Ja, wo denn sonst, sagte Pina.

Ja, wo denn sonst, sagte auch die Busfahrerin. Also nicht weggelaufen?, fragte sie noch einmal.

Aber da war Pina schon die Böschung hinuntergesprungen, und die Busfahrerin sah sie hinter der übernächsten Böschung verschwinden.

Wie Pina wieder auf die Dorfstraße gelangt war, wusste sie nicht. Die Straße war auch hier links und rechts von Unkraut befallen. Pina dachte an Lobo und daran, dass er vielleicht schon wieder zurück war, dass er vielleicht nur wenige Hundert Meter weit gekommen war, dass er es also nur lange, nicht aber wirklich weit geschafft hatte.

Pina überlegte, ob er sich vielleicht aus Versehen verirrt hatte, nicht mehr nach Hause fand, bis er auf den Hügel stieg und von dort die Hecke in der Ferne erblickte, wie ein

Leuchtturm ohne Licht, der ihn zurücklotste. Pina stellte sich Lobos Zukunft vor. Er würde in der Dorfgärtnerei Werk einsteigen, sich um das Naturschutzgebiet kümmern, er würde gemeinsam mit Frau Werk dafür sorgen, dass die Hecke weiter gedieh, er würde das Unkraut von den Straßenrändern drängen, damit die Dorfstraße eine Dorfstraße und somit das Dorf als Dorf zu erkennen blieb. Oder er würde tatsächlich das Museum übernehmen, so wie das Dorf es für ihn vorgesehen hat. Er würde seinen Platz im Dorf finden, einen, den das Dorf für ihn bereithielt, und er würde hineinwachsen in diesen Platz und ihn ganz ausfüllen, bis zu den Rändern.

Pina stellte sich ihre eigene Zukunft vor. Sie würde auf dem Schiff ihrer Mutter anheuern. Sie würde alles über die Arktis lernen. Sie würde die Weite des Meeres lieben und den Wind dort, der ihr bekannt vorkäme, der aber ein anderer wäre als der Wind im Dorf.

Pina stellte sich vor, dass Lobo aufgrund seiner geringen Größe wahrscheinlich unauffällig durchs Umland kommen würde. Wenn Lobo größer gewesen wäre, vielleicht wäre er aufgefallen. Vielleicht hätten ihn dann Polizisten aufgegriffen. Das Polizeiauto hätte neben ihm gehalten, die Polizisten wären ausgestiegen und hätten gefragt, ob er Lobo sei.

Lobo hätte die Länge seiner Beine mit der Länge der Polizistenbeine verglichen, Lobo hätte die Waffen an den Gürteln um die Polizistenbäuche gesehen, und Lobo hätte beschlossen, nicht wegzulaufen.

Im Polizeiauto wäre traurige Musik gelaufen, die zu Lobos Stimmung gepasst hätte, und dann wäre zuerst die Hecke aufgetaucht, erst dann das Dorf. Das Polizeiauto hätte kurz nach dem Kreisel gehalten, und da hätte Lobo auch schon Pilaster auf sich zu rennen sehen, und auch Pina wäre auf ihn zu gerannt und nur kurz nach Loma bei ihm angekommen, die ihn fest umarmt hätte, so fest, dass ihm die Ohren rot angelaufen wären.

Und Pilaster wäre an ihm hochgesprungen.

Ach Kind, hätte Loma gesagt.

Das Dorf hätte aufgeatmet. Zumindest ein Teil des Dorfes. Der andere Teil hätte gedacht, dass man es beim nächsten Mal besser machen müsse.

Das nächste Mal zu zweit, hätte Pina gesagt.

Das nächste Mal mit der Dorfkasse, hätte Lobo gesagt. Dann könnten wir uns Fahrräder kaufen und Proviant, Zugtickets und Ausrüstung. Mit der Dorfkasse würden wir weiter kommen. Wir könnten Polizisten bestechen.

Wie kann man sich verabschieden, ohne dass die verabschiedete Person merkt, dass es sich um einen Abschied handelt? Wie kann man gehen, ohne Leere zu hinterlassen? Man kann Wetterfahnen dalassen oder Kleidung, die noch nach einem riecht, man kann einen Brief dalassen, eine Aufnahme, eine Fotografie. Man kann ein Versprechen dalassen, dass man wiederkommt.

Seit Lobo verschwunden war, hatte Loma kein einziges Mal mehr mit Pina Karten gespielt, und auch der Unterricht fiel aus. Überhaupt ließ sich Loma nicht mehr viel blicken. Sie verließ das Museum nur noch selten.

Der Kummer, sagte Pinas Vater, und reichte Pina ein Tablett mit belegten Broten. Magst du ihr die bringen?

Pina lief zu Lobos Haus, trat ein, rief nach Lobo, aus Gewohnheit, rief dann nach Loma, aber niemand war da.

Sie fand Loma auf den Eingangsstufen zum Museum sitzend.

Von Karsten, sagte sie.

Loma schaute auf die belegten Brote. Das ist nett, aber ich habe keinen Hunger, wenn man traurig ist, schmecken sogar gute belegte Brote nach Traurigkeit.

Schau, dieses hier ist das kleinste und mit Ei. Sie habe auf dem Weg hierher auch schon eines gegessen, es sei besser, als es aussehe.

Loma nahm das belegte Brötchen zwischen zwei Finger, nahm es in den Mund.

Und?, fragte Pina.

Traurigkeit, sagte Loma.

Sonst nichts?

Na gut, nicht nur Traurigkeit, auch Ei und Brot.

Und Mayonnaise, sagte Pina.

Und Pina stellte sich vor, wie die Traurigkeit in Lomas Magen dem belegten Brötchen ein bisschen Platz machen musste.

Pina stand vor der beschädigten Hecke, die an manchen Stellen dunkler als der Nachthimmel war. Pina hörte ein Rascheln und roch den Duft der Hecke. Die Hecke riecht nach Dorf, dachte Pina und fragte sich, ob auch sie selber, überhaupt alle Bewohnerinnen und Bewohner des Dorfes den Geruch der Hecke angenommen hätten, ob sie für andere Menschen unverkennbar nach diesem Dorf riechen würden, nach dieser Hecke.

Es raschelte erneut, und ein Wind kam auf, drückte sich in die Hecke hinein, wurde stärker, bewegte den ganzen Heckenkörper, der sich auf Pinas Seite neigte. Pina starrte auf die Heckenwand vor sich, die sich aufbäumte, die näher kam.

VON EINEM, DER AUSZOG, EINEN FELSEN ZU BEWOHNEN

Mit einem Team wäre die Expedition einfacher gewesen, aber er war Alleinunternehmer. Zudem teilte er nicht gerne, schon gar nicht die Möglichkeit auf Erfolg. Also zog er alleine los, mit einem Fischkutter. Sein Ziel: Ein einsamer Fels mitten im Meer mit einem Durchmesser von 30 und einer Höhe von 21 Metern. Der Grund seiner Reise: Würde er mehr als 21 Tage auf diesem Felsen ausharren, könnte Großbritannien Anspruch auf den Felsen erheben, da nach 21 Tagen ein Ort als besiedelt gilt, und wenn der Siedler ein Engländer ist, dann wird der Fels zu einem Teil von England. Weitere Gründe seiner Reise: Ruhm, Ehre, ein Eintrag im Geschichtsbuch.

Großbritannien sollte sich seiner Meinung nach für den unwirtlichen Felsen und sein Vorhaben interessieren, denn zieht man einen Kreis um den Felsen mit einem Radius von 21 Seemeilen, so ist dies das Gebiet, in welchem Großbritannien Territorialansprüche geltend machen, schürfen, nach Öl bohren, Fischerei betreiben kann.

Der Fischkutter fuhr dicht an den einsamen Felsen heran, näherte sich Meter um Meter der Felswand. So nah war das Boot dem Felsen, das die Bootswand manchmal die Felswand rammte, laut und schabend. Die Fischer schrien: Spring.

Er sprang.

Er sprang an den Felsen heran, wo er sogleich abwärtsrutschte, so glitschig war der Stein von Wasser und Vogelkot. Hätte er nicht mit einer Hand eine Rille zu fassen bekommen, er wäre in das offene schäumende Wasser gefallen, wäre vielleicht nie wieder aufgetaucht. Aber da waren diese Rille und seine Finger in der Rille. Und er war kräftig. Er zog sich hoch, suchte gleichzeitig mit den Füßen Halt, fand Halt und führte seine andere Hand weiter aufwärts, den schmierigen Felsen entlang, stieg Griff für Griff nach oben, und die Brandung donnerte unter ihm.

Oben angekommen, band er sich mit einem Seil fest. An einem weiteren Seil, das er den Fischern zuwarf, banden diese eine Kiste fest. Und er zog die Kiste zu sich, die in den kommenden Wochen sein Haus sein würde, die ihn vor Unwettern, Riesenwellen, Riesenkraken und anderen Unannehmlichkeiten schützen, die ihm das Überleben ermöglichen sollte.

Die Kiste war 150 Zentimeter breit, 120 Zentimeter hoch und 90 Zentimeter tief. Nachts oder bei Sturm stieg er in die Kiste, in der er nur sitzen oder liegen konnte, in der Diagonalen mit angewinkelten Beinen. 14, 15, 16 Tage. Bei Sturm schaute er aus dem kleinen Fenster, das eine graue Fläche zeigte und immer wieder von Wasserverwehungen nass gespritzt wurde. Die Tropfen flossen in kleinen Wasserstraßen über die Scheibe. Und ihm gefiel das Vorwärtskommen der Tropfen, die Fließbewegung, während er selber ausharrte in der Kiste, auf dem Felsen, im Meer, im Sturm.

18, 19, 20 Tage. Am 21. Tag sah er keinen Fischkutter den Felsen ansteuern. Nicht am Morgen, nicht am Mittag, nicht am Abend. Auch nicht in der Nacht.

Er wünschte sich an diesem 21. Tag nichts sehnlicher als ein Schiff, das ihn zum Festland bringen würde, und wie im Hafen klatschende Menschen auf ihn warten würden und Blumen und Blechmusik. Aber niemand kam, niemand winkte, kein Licht, das blinkte.

DORA

Sie selber würde es keinen einzigen Tag in einer solchen Kiste aushalten. Bereits der Gedanke an die angewinkelten Beine jagen ihr einen Schauer über den Rücken. Sie ist froh, auf diesem Boot zu sein, auf dem sie sich jederzeit an mehreren Orten voll und ganz ausstrecken kann, auf dem Vorderdeck, auf dem Hinterdeck, in der Koje, in der Fahrkabine, selbst in der Küche kann sie sich, mit etwas Geschick, auf der Bank der Länge nach ausstrecken.

Dora traut ihren Augen nicht, als sie zum ersten Mal die Polarlichter sieht. Ihre schnellen Bewegungen hat sie sich nicht vorstellen können, nicht ihre Farbigkeit, ihr Leuchten.
   Sie weiß, dass ihre Versuche, das Licht zu fassen, misslingen werden. Es sind nur Annäherungen, wie auch Langzeitbelichtungen nur Annäherungen sind, Versuche, das zu bannen, was sie in Bann hält, was sie dazu bringt, stundenlang in der Eiseskälte zu stehen und in den Himmel zu blicken, der ein ganz und gar neuartiger Himmel ist.
   Die Lichter rauschen durch die Nacht, und Dora denkt, dass sie einen tosenden Lärm verursachen müssten. Hingegen scheint es noch stiller als sonst. Sie steht und schaut, und was sie sieht, entzieht sich ihr doch immer wieder, und irgendwann verblassen die Lichter und sind weg, lassen Dora zurück mit der Erinnerung an etwas noch nie Gese-

henes. Ein unglaubwürdiger Abdruck auf ihrer Netzhaut. Wie ein Spuk.

Point Nemo, 2688 Kilometer vom nächstgelegenen Festland entfernt, sagt Dora. So weit weg, dass sogar die Raumstation ISS näher läge als die nächste Küste. Überhaupt, sagt sie, sei der Punkt mit dem Weltall verbunden auf ganz eigentümliche Art und Weise. Es lägen dort am Point Nemo, an dessen Grund, versenkte Raumschiffe. Ein Raumschiff-Friedhof. Es lägen dort in absoluter Dunkelheit Platten, Solarzellen, Tanks, Rohre, Verstrebungen und andere Teile aus amorphen Metallen und Quarzglas der russischen Raumstation Mir oder des japanischen Raumschiffes H-2 Transfer Vehicle.

Raumschiffwracks. Versenkt. Verborgen. Vergraben. Kein Licht reflektiert die amorphen Metalle, das Quarzglas.

Das Weltall ruhe am Meeresgrund, es ruhe dort tief unten und in großer Stille.

Die Wahrscheinlichkeit, dass ein Raumschiff, das dort versenkt werde, beim Eintauchmanöver auf Menschen treffe, sei extrem gering. Überhaupt: Kaum Leben sei am Point Nemo, weder Wind noch Meeresströmungen sind in der Lage, Nährstoffe bis dorthin zu tragen, zu weit weg der nächste Baum, das nächste Blatt, die nächste Samenkapsel. Und weil kaum organische Partikel die Sicht in die Tiefe trübten, sei das Wasser am Point Nemo erstaunlich klar, erstaunlich blau. Vielleicht sei Point Nemo also der blauste, der verlassenste, überhaupt der stillste Ort der Welt. Mit Sicherheit der einsamste. Mit Sicherheit.

Wenn die Raumstation ISS ausgedient habe, werde auch sie dort landen. Endstation Point Nemo.

So weit weg von allem wie der Point Nemo würde sie sich

fühlen, sagt Dora, aber Mika, der Fotograf, und die Meeresforscherin sind in diesem Moment, obwohl nur auf der Heckseite des Bootes, zu weit weg, um sie zu hören. Und sie merkt, dass sie an dem Punkt angelangt ist, an dem sie auch für sich selber Geschichten erzählt.

Neben dem Schiff ist Eis. Und neben dem Eis ist Wasser, ist Himmel, sind Wolken, sind Polarmöwen und Kolkraben, sind Luftblasen im Wasser. Da ist Sonne auf Haut, die manchmal brennt von der Kälte, die Sonne auf Aluminium. Da sind Wellen am Bug, sind die Rufe der Vögel, sind Funksprüche der Fischer, Motorengeräusche, sind Landrücken und darauf Büsche, Gräser, Steine.

Dora stellt sich Geröll auf einem Gletscher vor. Sie stellt sich das Meer vor, das an der Stirn des Gletschers nagt, und sie stellt sich Eisbrocken vor, die vom Gletscher abbrechen, die ins Meer stürzen, und die Wellen, die sie schlagen.

Ein abgebrochener Eisbrocken bewegt sich als Eisberg fort, und ein Stein aus der Geröllmasse liegt auf diesem Eisberg, wird fortgetragen, begibt sich als Passagier auf eine Reise ins Ungewisse. Vielleicht driftet er quer durch die Baffin Bay, an Kanada vorbei, weiter Richtung Süden. Vielleicht werden Eisberg samt Stein dann vom kalten Labradorstrom erfasst und driften weiter bis nach Neufundland. Der Eisberg, der kleiner und kleiner wird, je mehr Süden, desto weniger Masse, der wegschmilzt, der mehr und mehr verschwindet. Und der steinerne Gast, der im Verhältnis zum Berg immer größer wird. Der irgendwann denselben Umfang wie der Eisberg hat. Der für den Berg untragbar wird.

Der Eisberg lässt den Stein fallen. Und der Stein sinkt, sinkt irgendwo weit weg von seinem Gletscher in die Tiefe, sinkt auf den Grund. Ein Dropstone, ein Findling, wenn er denn jemals gefunden wird, eine steinerne Träne im Sedimentprofil.

Einsamkeit kann sich anhäufen, sagt Dora.
Dora ist einsamer als noch vor einigen Wochen. Und doch schöpft sie von irgendwo Mut.
Das ist mein Schauen auf Landschaft, sagt sie. Das ist meine Einsamkeit.

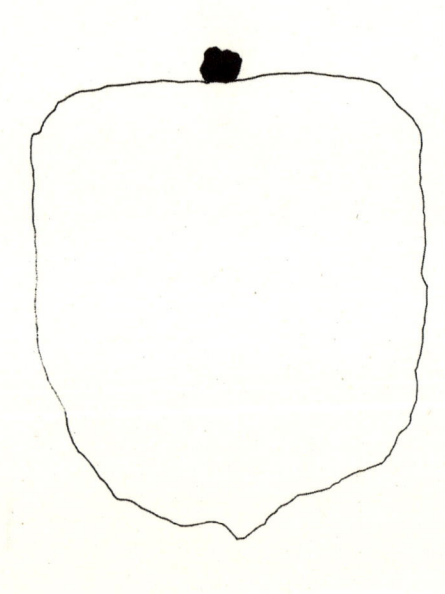

24

Vielleicht war Lobos Verschwinden ausschlaggebend, vielleicht aber auch die wachsende Frustration der Spezialisten. Vielleicht war es der Stand der Spezialistenkasse oder derjenige der Dorfkasse, vielleicht der stetige Wind. Vielleicht lag es auch einfach in der Sache selbst, dass das Forschen am Stillstand irgendwann zwangsläufig auch stillstehen musste. Auch das Wachsen der Hecke konnte die Spezialisten nicht halten. Sie packten ihre Messlatten, Tachymeter und Drohnen ein. Sie ließen ab vom Dorf, und das Dorf kam noch mehr zur Ruhe. Auch wenn ein Teil des Dorfes diese Ruhe nicht wollte und genau genommen nur Pina sich darüber freute, dass die Vermessungstage nun der Vergangenheit angehörten.

Pinas Vater schimpfte ihnen nach, den blinkenden Schriftzug der Pension im Rücken.

Es gibt andere Orte, die von der Landkarte verschwanden; Dörfer, in denen der Zug nicht mehr hielt, denen der Untergrund wegbrach, die sich in Hitze auflösten, in denen der Leerstand zerfiel. In dieser oder anderer Reihenfolge: Es brachen Industriezweige, neue Bewohnerinnen und Bewohner blieben aus, auch Touristinnen und Touristen, Straßen verschwanden und Straßenlaternen, und dann zogen auch die dort Geborenen aus dem Dorf, kehrten ihm den Rücken und waren erleichtert, wenn sie zurückschauten, oder trauerten den Häusern nach und ihrer Kindheit, den dort begrabenen Vorfahren und dem Rosenbusch, der Aussicht aufs Meer, erinnerten sich an den Duft nach nassem Hund, den ersten Schulweg, den Riss im Fingernagel, das Glück und den Kummer als Kinder und als Jugendliche und als erwachsene Menschen.

Zurück blieben Müllhalden der Zivilisation. Irgendwo vielleicht auch die Scherbe einer Muschel.

Pilaster eilte voraus ins Umland. Pina folgte ihm durch dichtes Gestrüpp. Sie suchte nach passierbaren Stellen, machte große Schritte und drückte mit den Schuhsolen dort eine Brombeere, hier eine Brennnessel zu Boden, blieb doch immer wieder an Dornen hängen, stolperte über Ausläufer, verstrickte sich im Strauchwerk. Sie verlor Pilasters Spur. Und plötzlich war auch sein Bellen verstummt. Überhaupt war alles sonderbar ruhig.

Sie blickte sich um und stellte sich vor, dass ein Schub vor ihr das Umland treffen würde. Sie stellte sich vor, die Sträucher schossen Richtung Himmel, hoch wie Baobabbäume, der Farn sei hüttenhoch, und daneben würde ein Haselnussstrauch wuchern, mit noch grünen, aber schon faustgroßen Nüssen. Bienen wären so groß wie Hirschkäfer, Hirschkäfer so groß wie Mäuse und die Mäuse so groß wie Hasen. Und die dachsgroßen Hasen würden sich vor wolfsgroßen Füchsen ducken, und über allem würden Greifvögel kreisen, so groß wie Deltaflieger.

Pina stellte sich vor, wie Pilaster versuchen würde, sich vor den Greifvögeln zu verstecken, wie er sich ins Gestrüpp ducken, den Schwanz einziehen würde. Aber auch die Geschicklichkeit der Greifvögel wäre gewachsen, und einer der Greifvögel würde im Sturzflug auf Pilaster zurasen, mit ausgestreckten Krallen, würde Pilaster ergreifen, ihn hochheben, vor Pinas Augen, die Pina sofort schloss. Und als Pina die Augen wieder öffnete, war der Greifvogel weg.

Die letzte Touristin sahen sie an einem Sonntag. Wobei es immer unwichtiger wurde, welcher Wochentag gerade war. Für keine Person aus dem Dorf musste ein Mittwoch zwingend ein Mittwoch sein.

Dass es die Letzte sein würde, wusste das Dorf zu diesem Zeitpunkt noch nicht. Hätten sie es schon da gewusst, vielleicht hätten sie ihr noch etwas zu Essen angeboten oder ihr ein Getränk aus dem Automaten spendiert. Vielleicht hätte das Dorf ein Foto von ihr gemacht oder mit ihr, für das Museum, oder auch nicht. Vielleicht wären alle vor die Hecke gestanden, den beschädigten Teil der Hecke außerhalb des Bildrandes, und Karsten hätte auf den Selbstauslöser gedrückt und wäre in schnellen Schritten zu ihnen hingerannt, hätte sich – wenn Lobo noch hier gewesen wäre – hinter Lobo gestellt und laut mitgezählt: vier … drei … zwei … eins. Und dann hätte das Blitzlicht einen historischen Moment erleuchtet, hätte die Kamera festgehalten, wie die letzte Touristin lächelnd vor der Hecke stand, wie Frau Werk ihren Arm um Emmerich legte und wie Pina die Wetterfahne hochhielt. All das wäre zu sehen gewesen. Aber die Letzte kam still und ging still, und wenn Lobo – wenn Lobo noch hier gewesen wäre – dem leiser werdenden Pfeifen der Busfahrerin gelauscht hätte, das sich weiter und weiter vom Dorf entfernte, hätte auch er nicht gewusst, dass er dieses Geräusch so schnell nicht wieder hören würde.

Mit der letzten Touristin verschwand die Busfahrerin. Mit der Busfahrerin verschwand der Bus.

Was weiter verschwand:
　　Das Pfeifen der Busfahrerin
　　Die Busfahrerin
　　Der Bus

DORA

Die Oberfläche des Mondes sei bei Weitem besser bekannt als der Meeresboden, sagt die Meeresforscherin. Insbesondere der Meeresboden in der Arktis sei durch die Eisschicht für den Menschen lange Zeit unerreichbar gewesen. Unerforschtes Gebiet. Ungesehene, unbetretene, unvermessene tiefe See. Aber die Eisschicht schmilzt, und der Schutz bricht weg, und der Weg wird frei. Auch wenn das Entdecken langsam vorangehe und der arktische Grund noch immer weitgehend unberührt sei, seien Schiffe unterwegs und Augen und Ohren. Roboter und Gerätschaften gleiten mit ihren Kameraaugen tausende Meter hinab und über den arktischen Grund.

Die Roboter und Gerätschaften, die sich am Arktischen Meeresboden zu schaffen machten, seien denjenigen auf der Mondoberfläche nicht unähnlich. Ferngesteuert, fähig, ihre Umgebung zu analysieren und Proben zu nehmen, robust und standfest gegenüber dem unwirtlichen Raum um sie herum. Standfest gegenüber extremen Temperaturen und Druckverhältnissen. Fähig, in absoluter Dunkelheit, in größter Kälte oder in luftleerem Raum zu agieren. Große metallene Körper. Rostfreies Titan.

Die Roboter und Gerätschaften schicken Bilder nach oben, und auf den Monitoren erscheinen Landschaften zum ersten Mal: Erhebungen, Senkungen, Sediment, Gestein.

Ist dort mehr Tod oder mehr Leben? Ist dort überhaupt Leben?, wollen die Forschenden wissen und hoffen. Bei einem Tauchgang eines Roboters habe man beispielsweise explizit nach Schwarzen Rauchern gesucht, weil man aufgrund der Zusammensetzung und Temperatur des Wassers auf Schwarze Raucher habe schließen können, sagt die Meeresforscherin und haucht warme Luft in ihre Handinnenflächen. In der Arktis waren bis dahin noch keine Schwarzen Raucher gesichtet worden. Und tatsächlich, 20 Minuten vor Abbruch des Tauchgangs kamen sie ins Blickfeld der Kamera. Schwarze Raucher und rundherum Krebse, Garnelen, Muscheln, Seeanemonen, urtümliche Fische, und die Forschenden erfüllte eine Riesenfreude und eine Erleichterung und eine Euphorie, die sie hochschnellen und aufschreien ließ. Und immer wieder vergewisserten sie sich mit Blick auf den Monitor, dass da wirklich diese Schwarzen Raucher waren und rundherum Krebse, Garnelen, Muscheln, Seeanemonen, urtümliche Fische.

Wo man kaum Leben erwartet, sei dennoch Leben, sagt die Meeresforscherin.

Auch an den unwirtlichsten Stellen der Erde wird geatmet, gewachsen, winden sich Körper, kriechen Organismen, pochen kleine Herzen.

Der Fotograf macht erneut ein Bild von Dora, der Meeresforscherin und Mika. Mika mit seinen neongelben Handschuhen, Dora und die Meeresforscherin mit ihren neonorangen Schwimmwesten. Im Hintergrund Eis, Meer, Himmel.

Wir müssen dieser Endlosigkeit etwas entgegenhalten, einen Moment, einen Augenblick, ein Blitzlicht, sagt er.

Der Fotograf selber ist nicht im Bild. Ob sie ein Foto von

ihm machen solle, fragt Dora, und der Fotograf nickt. Auch er wolle später im Fotoalbum nachschauen und sich vergewissern, dass es wirklich war, dass es Eisberge tatsächlich einmal gegeben hatte. Auch sei das Foto eine Erinnerung an eine Zeit, in der er Landschaft neu zu denken begann, Landschaft ohne Ende und Anfang, Landschaft nur aus Struktur. Landschaft, die einen von außen und innen gleichsam angreift, wenn man lange genug oder zu lange durch die Linse schaut.

Ja, er habe versucht, die Polarlichter zu fotografieren. Er habe versucht, den Nachthimmel lange zu belichten. So viel Licht wie möglich einzufangen. Und ja, sie seien zu sehen, die Lichter, die tanzten wie Schatten.
 Es sei genau genommen die Summe allen Lichtes, das während der Langzeitbelichtung durch die Linse auf den Sensor traf. Damit das Auge eine Ahnung habe von dem, was war.

Die Tiere der Tiefsee sind darauf angewiesen, dass Nahrung zu ihnen herabsinkt. Dass eine Robbe stirbt, noch besser ein Wal. Sie sind darauf angewiesen, dass der tote Walkörper durch die Etagen des Meeres sinkt, durch dessen Schichten, tief hinab bis auf den Grund. Dort liegen die toten Körper und bieten den Tieren der Tiefsee Nahrung.
 Jahrzehntelang.
 Wie stirbt ein Wal?
 Ein anhaltendes Festmahl ganz ohne Licht, sagt die Meeresforscherin. Über 400 Tierarten habe man an einem Walkadaver gefunden. Man nehme an, dass diese Tiere sich entlang der Walkadaver durch die Tiefsee fortbewegten, dass die Walkadaver also eine Art Etappenhotels seien auf

einer für Tiere der Tiefsee interessanten Route, dass die Absteigen Nahrung und Unterschlupf böten, vielleicht Unterhaltung, die Möglichkeit von Austausch.

Was ist das für ein Geräusch, wenn der tote Walkörper den Grund erreicht? Wahrscheinlich bebt der Boden leicht, Sediment wirbelt auf beim Aufprall, und schon wenige Stunden nach dieser Landung kringeln sich erste Würmer heran, ertasten erste Saugnäpfe die Walhaut, dringen erste Zähne ins Walfleisch, schneiden die ersten Krebsscheren Stücke heraus.

Dora möchte gerne das sehen, was die Meeresforscherin gesehen hat, möchte all ihre Blicke auf all die Monitore auch in ihrem Gedächtnis abrufen können. Möchte mit eigenen Augen dabei gewesen sein, in der erhellten Tiefsee, und selber die Kreaturen, Wesen, Gestalten sehen, den Boden, das Sediment, den aufgewirbelten Staub, von denen die Meeresforscherin berichtet.

Sie liegen ruhig und liefern, liegen tief, bedeckt von den Weltmeeren verbinden sie Kanada mit Grönland mit Island oder Deutschland mit Norwegen mit Großbritannien mit den USA, Argentinien mit Spanien, Südafrika mit Portugal. Durch sie hindurch fließen Nachrichten von Erstaunen bis Gewissheit, voller Unsagbarem und bereits Gesagtem, voller Vertrauen und Lust und Sorgen und Frust.

Durch die Tiefseekabel hindurch gelangen auch die traurigsten Nachrichten, sie gleiten so tief und so nah wie nur möglich über den Erdball, dicht am Meeresgrund. Sie schleichen nicht, sondern rasen und prallen auf, kommen an, an Ohren und Augen, die nicht mit solchen Nachrichten gerechnet haben, die sich zuerst verschließen.

Dann dringen die Nachrichten doch durch, durch noch

so dichte Ohren, durch noch so verschlossene Augen, das Hirn beginnt zu deuten, und die Nachrichten gelangen in Herzen und Bäuche, ins Innerste.

Die Nachricht von Lobos Verschwinden und Lomas Kummer gelangt über den Meeresgrund zu Dora. Und ein Kummer breitet sich auch in Dora aus. Und sie wünscht sich das Dorf herbei oder sich selber ins Dorf. Sie wünscht sich in diesem Moment, dass die Welt aus einem einzigen Ort besteht und dass sie selber an diesem Ort ist, dort, wo Loma ist und alle anderen. Dort, wo Pina ist. So sehr wünscht sie sich, Pinas Haare zu riechen, zu sehen, dass sie atmet, dass sie spricht.

25

Wenn es so weitergeht, dachte Pina, dann wird auch Loma verschwinden. Dann stirbt sie vor lauter Kummer. Pina stellte sich vor, dass Loma im Museum sterben würde, im Sessel sitzend unweit der Spitzmaus, und dass sie neben der Hecke beerdigt würde. Pina würde eine Wetterfahne halten, Emmerich würde ein langsames Lied spielen, Pinas Vater und Frau Werk würden Erde in das Grab schaufeln.

Würde auch Lobo da sein, er würde dem Geräusch von Erde auf Sargdeckel lauschen und von Erde auf Erde und dem Wind, der durch die Hecke ziehen würde.

Pina erinnerte sich an den Tag, an dem sie und Lobo Loma nach dem Wachsen fragten und an Loma, die antwortete, dass man nie aufhöre zu wachsen, dass das das Schöne am Menschsein sei. Und dann hatte sie weiter gesagt, dass nur der Tod dem Wachsen ein Ende setzen könne, dass der Tod eine Grenze sei, dann höre der Mensch auf, Mensch zu sein, dann werde er zum erinnerten Menschen und das sei auch etwas Schönes, dass Erinnerungen keineswegs nur schrumpften mit der Zeit, sondern sogar wachsen würden, dass man sich von Jahr zu Jahr an mehr erinnern könne.

Als Pina an Loma und ihren Tod dachte, erinnerte sie sich an den Duft von Loma, an ihre Hände, sie erinnerte sich an Lomas Arm um ihre Schultern und an die Zuversicht, die rund um sie war.

Pina stand auf dem Hügel und hielt sich die Hände so vor das Gesicht, dass sie Teile davon verdeckte, und fragte sich, ob das Dorf auch dann noch ein Dorf ist, wenn ein Teil der Straße wegfällt, das Dorfmuseum oder die Pension.

Lobo und sie waren sich darüber einig gewesen, dass ein Teil der Straße, das Dorfmuseum oder die Pension das Dorf nicht zu einem Dorf machten.

Vielleicht war Loma das Dorf, dachte Pina.

Was weiter wuchs:
Das Vermissen

Als die Schübe kamen, war niemand wach. Das Dorf schlief tief und rührte sich nicht. Nur die beschädigte Hecke bewegte sich, und ob sie sich aufgrund der Schübe bewegte oder aufgrund eines Kindes, das durch sie hindurch ins Umland schlüpfte, konnte niemand feststellen. Außer Pilaster. Aber Pilaster hielt dicht. Er war kurz aus seinem Schlaf erwacht, schaute Richtung Hecke, stand auf, wedelte mit dem Schwanz und legte sich dann wieder hin.

Die Dämmerung brach herein, und die Hecke warf ihren Schatten über das Dorf hinaus.

DANK

Ich danke Ulla Röhl, Rüdiger Stein und Ralf Bachmayer vom MARUM – Zentrum für Marine Umweltwissenschaften der Universität Bremen, Margit Schwikowski vom Paul Scherrer Institut, Dieter Thomas Tietze, ehemaliger Kurator Wirbeltiere am Naturhistorischen Museum Basel, Fien De Doncker und Ian Delaney für die Gespräche und die Einblicke in ihr Tun, ins Eis und auf den Meeresgrund. Ich danke Mick Finn Lennert für die Fahrten und das Erzählen. Ich danke Manuela Waeber, Julia Weber, Karoline Winter und Anvar Cukoski für ihr Lesen. Ich danke meinen Eltern, meinen Geschwistern und meinen Freund*innen. Ich danke Christoph Oeschger für das gemeinsame Reisen und das Teilen von Recherchen und sehr viel mehr. Ich danke Bignia.